アイアム カタマヒ

I am KATAMAHI

右半身麻痺になった
中年女の逆境に打ち克つ
リハビリ体験記

宮武蘭
MIYATAKE RAN

幻冬舎MC

アイアムカタマヒ

右半身麻痺になった中年女の
逆境に打ち克つリハビリ体験記

はじめに

２０２０年、世界中が新型コロナウイルスにより大きな混乱に陥りました。予防していても人に会うことで気付かないうちに感染し、ひどければ重症化し、最悪は死に至る。そのような病の流行です。

本来なら、東京でオリンピック・パラリンピックが行われるはずでした。しかし、それどころではなく緊急事態宣言が出されるほど大変な状況となり、現在も懸命な治療を受けながら感染症と闘っている方々がいます。私達は、あらためて『命』の大切さを認識し、今の時代を生きるために何が必要かを学び、考えることとなりました。生活様式も変わり、これまでの日常がこぼれ落ちていく感覚に不安が募る日々を送っている方も多いのではないかと思います。それは一年経った今もなお、続いています。そして事態はさらに深刻さを増しています。

私は2015年12月中旬、仕事中に脳出血で倒れ、一命を取り留めた経験があります。命は助かったものの、残ったのは右半身麻痺の後遺症でした。右半身の麻痺は、入院中や退院後のリハビリによって随分良くなりました。残念ながら完全回復には至りませんでしたが、今は日常生活を何とか送ることができ、短時間ですが仕事もしています。

思いもよらない神様からの突然の試練に、涙を多く流し、心は何度も折れました。倒れるまで無理ばかりしていた自分自身を呪いもしました。もし、反省し、呪うことで回復できるなら、自責の念で毎日を過ごしたでしょう。

しかしネガティブな思考は何の助けにもなりません。私は、医師、看護師、療法士、医療スタッフの方々のおかげで前を向き、ポジティブな思考を持ちながら立ち直る一歩を踏み出せました。

入院中に、いつも思い続けました。

『何かに挑戦し、成し遂げる自分』

そんな自分でいよう。

これはひとつの闘病記ではありますが、病と闘っていたり、少しでも悩みを抱えたりされている読者の皆様が、前向きになれるきっかけとしていただければ幸いです。

CONTENTS

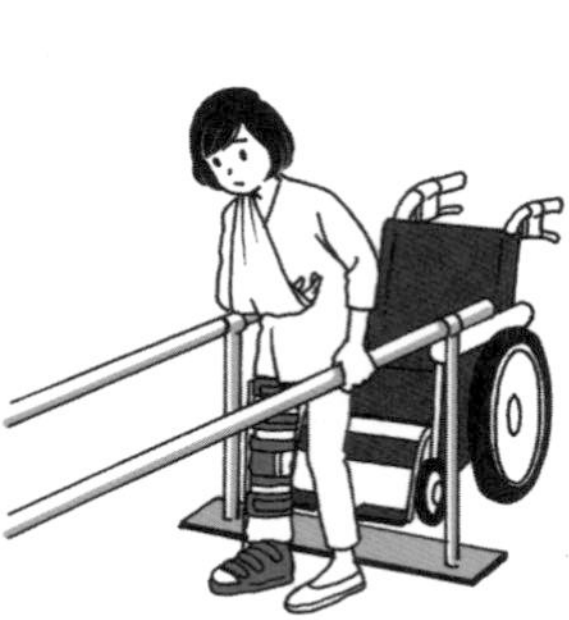

挿絵・漫画
石川あぐり

来ちゃった…
SOLD OUT
どちらからお越しですか?
ライブ初めてなんです 遠征で 九州から…
スタンディング大丈夫か…
大丈夫! 楽しみましょ
ワイ
ワイ
STAFF
先に行ってください 遅いので
じゃ、先に行くね

わあああ…
あ！ここに来て！
ここバーがあるから良いでしょ
すいません気にかけて下さって
もうワクワクするわ！
私も！
わあああ

わああああ
もう！最高でした
私、叫んじゃった
私も！
なるよねーー♥
大丈夫？疲れてない？
大丈夫です あっと言う間でした！
あ！タクシーー！

今日は、本当にありがとうございました
SNSフォローするね
ここに来るまで多くの人に励まされアドバイスしてもらった
大丈夫だと思いますが無理はしないよう…
ふぅ
ファイト！ですよ
今日、お会いした人達は、とても気を遣ってくれた
会場に着いたら雨…
あ…
私は濡れるしかなかった…
スッ
開場待ちですよね一緒にどうぞ
あ…ありがとうございます

同じファンと言うだけで、傘を差しかけてくれ
少しの間だがお話しさせてもらったり
キャあ
みやもとおー
昔からの友人のように一緒にライブを楽しんだり
こんなにステキな時間を過ごせる尊さ
周りの人の力を、借りなければ出来ない事も多いけれど
みんな心良く受け入れてくれるもっと、こんな時間を作りたい
生きていて良かった生きるって楽しいこの気持ちを伝えたい！

第一章　発症～その瞬間は突然訪れた～急性期治療

２０１５年12月中旬

ズズズ、ドーン。ドスッ。

『痛ててぇ』

私は、大型バスの荷物入れから、誰かのスーツケースを取り出していて、気付くとアスファルトの上に転倒していた。

数人の若者が慌てて駆け寄ってくれ、

「大丈夫ですか？」

と言ってくれたが、

「あぁ大丈夫。これ、誰のスーツケースかな？　もう遅いから気を付けて帰ってね」

と答えた。しかし何度立とうとしても立てなかったので、座り込んだまま若者達を見送った。

それは仕事で遠方で行われた研修に若者達を引率し、無事に地元に到着した時だった。飛行機の出発が1時間遅れたことで、到着時間が大幅に遅れ、疲れはあったものの、全員が無事に帰って来ることができたことに、安堵していた。

若者は皆いなくなり大型バスも去った後、立とうとしたが立てなかった。

『さすがに疲れたのかな？』

と思いながら、足元を見ると靴紐がほどけていたので、靴紐を結ぼうとした。

なぜか、左右の手が交差した状態になった。

何度も結ぼうとしたが、手は自分の意思と違う動きをする。

亡き父の病気を見ていた経験から、

『脳に異変が起きた』

と瞬時に判断できた。

「大丈夫ですか？　スタバ行きましょうよ！」

同僚の女性Kさんが笑顔で声を掛けてくれる。

『あぁ、帰って来たらスタバに行こうって話してたな』

そう思いながら座り込んだまま、

「救急車呼んでくれる？」

「え？　どうしたんですか？」

私は左手でピストルのようなしぐさで、

「脳に来たみたい」

と、微かな笑顔で答えた。


Kさんは携帯を持ち、走ってその場を離れた。

座り込んで見上げた頭上には、街中の冬の夜空が広がっていた。

上司も職場から来てくれた。


ほどなく、救急車が到着。私の意識はまだあった。

救急隊員が、

「どうされましたか？」

と言ったので、症状を伝える前に、

「○○病院に行ってください！」

と何度も頼んだ。

これまでの知識と経験上、運ばれる病院ですべてが決まる……

そう思っていたからだ。

幸いにもその病院は倒れた場所から見える所にあり、左手の人さし指で、その方向を指さし懇願した。

救急隊員の質問にある程度答えて、自宅の電話番号まで答えた後、意識を失った。

「バイタル２００‼」という救急隊員の声を聞いた所まで覚えている。

そこへ、親友で看護師でもあるＹｕｋｏさんが駆け付けた。彼女は救急車のサイレンと停車した場所を見て『もしかして……』と思い、子どもさんと走って来てくれたのだった。子どもさんから、私がバスから荷下ろしの最中に転倒し立ち上がれなかったことを聞いていたらしい。

たまたま研修に参加していた若者の一人が、親友の子どもさんだった。

しかし、彼女はたまたま子どもさんを迎えに来ていたのではない。

空港から帰りの大型バスの中で、Ｙｕｋｏさんに連絡をした。子どもさんは疲弊していた。私はスーツケースを留めるベルトを貸したほど、子どもさんの荷物は帰りのお土産などで増え、スーツケースが閉まらなかった。そして帰りのバスの車中で、疲労困憊であることを訴えてきた。その大荷物を持って、夜、解散後に自宅まで帰れるか、心配だった。他の若者も疲れていたが、迎えがある者、複数で帰る者もいた中で、一人で帰るのは厳しいだろうと判断し連絡した。忙しい彼女だったが、すぐに電話に出てくれた。

「仕事中にごめんね。飛行機遅れて今、帰りのバスに乗っているけど、子どもさん、とても疲れているから迎えに来てもらえたらと思って」

「ちょうど今、仕事終わったから迎えに行ける。何時頃、到着しそう?」

車中で「お母さん、迎えに来てくださるって」と、Ｙｕｋｏさんの子どもさんに、そっと伝えた。

これは後から聞いたことだが、Ｙｕｋｏさんは、救急隊員と話をしてくれ、家まで母を迎えに行ってくれた。

また、同僚のＫさんは、救急車に乗り病院まで付き添ってくれた。

Ｙｕｋｏさんは自宅の母に電話で、私が倒れて救急車で運ばれたこと、今から迎えに行くことを伝えて、車を走らせた。

私の自宅に行くのは、中学生の時以来だったようだ。

自宅……実家である。

私は一度、実家を出ていたが、父が病に倒れた頃から実家に戻り母と生活していた。


親友が自宅に着いた時、母は出発の準備ができていたそうだ。

しかし、事態の深刻さを把握できていなかったのか、

「久しぶりね、ごめんね、迷惑かけて。そうそう、ちょうど田舎からお米を送ってきて、少しもらって！」

と言いながら、お米を出して来て、お煎餅の用意まで始めたそうだ。

「おばちゃん、ありがたいけど、そんな場合じゃなくて、大変だから、急ごう！」

「まあ、でも用意してあるから。私、車に乗れるかしら。体が重たいし」

そんなやりとりを経て、Ｙｕｋｏさんの車で母は病院に無事到着。膝が悪く歩行が厳しい母のためにＹｕｋｏさんの子どもさんが、すぐに車椅子を持って来てくれ、母を乗せ押してくれたそうだ。

次に意識が少し戻った時、私はＭＲＩの検査をするために機械のベッドに寝かされ

ていた。

「今から検査で画像を撮りますから、動かないでくださいね」

と看護師に言われた。

「あぁ、はい……」

しかしその時、猛烈な吐き気に襲われ、

「あの……吐き気が……」

と私が訴えると、看護師が急いで嘔吐できる容器を取りに行かれたが、間に合わなかった。

私は咄嗟に、機械やベッドを汚すより、床の方がまだ片付けやすいだろうと思い、

「すみません！」

と腹筋で起き上がり、床に嘔吐した。

意識朦朧としながらも何度も謝った。

その後は、またそのまま意識を喪失した。

気付いた時は、集中治療室のベッドの上にいた。

そこは窓もないので、時間の経過が分からなかった。

倒れたことは分かっていた。だから、病院に運ばれたこと、左手に点滴をされてい

ること、最小限の現状を理解していた。

分からなかったのは、私の身に何が起こったのかということだった。

母が顔を出してくれたのがいつだったのか、ただ意識が戻ったことだけは確認できた。


自分に何が起こったか、少し説明を受けた。

動かない右半身に、

『大変なことになってしまった』

という思いが頭を駆け巡る。

しかも、意識は朦朧としていた。


私は、脳の中心の脳幹近くにある、左視床という場所に出血を起こしていた。幸いなことに、わずか6ccで出血が止まり、点滴治療のみで済んだ。後から聞いたのだが、出血量が多いと開頭手術を行い、溜まった血を抜かなければならなかったそうだ。

医師から、

「ここ2、3日が山場です。助かっても会話はできないかもしれません」

と、母には説明があったようだ。

母は、何があっても、あまり人前で動揺を見せるタイプではない。

病院で初めて意識のない私を見て、事の重大さは分かっていたが、泣き叫んだり取り乱したりすることはしなかった。

しかし、一旦帰宅し、すぐに父の仏壇に手を合わせ、

『何とか助けてやって……』

と頼んだそうだ。


倒れて3日目だっただろうか、救急搬送された時にお世話になった上司とKさんが病院に来てくれた。

私は、呂律が回ってなかったと思うが、「すみません」「ご迷惑おかけしました」などと話していたそうだ。

そして「今、何時?」と、しきりに時間を聞いていたらしい。


倒れてからどれくらいだろうか、意識が戻ってから集中治療室の看護師達から同じ質問が定期的にされ始めた。

「今日は、何日ですか?」

「ここはどこですか?」

「生年月日は？」

「5月…」（※本当は12月）

「病院？」

「……」

頭では分かっていても、言葉が上手く出ない。

看護師達は、それでも「はい」と言い、しばらくしてまた同じ質問がされる。

しかし、5日間過ぎた頃には、それらの質問にも答えられるようになり、点滴も外れ、少しずつお粥や流動食も食べられるようになった。

窓のない部屋でも、一応食事が出ることで、時間を感じるようになった。

倒れてしばらくはオムツをしていたが、看護師の介助で車イスに乗り、トイレに行くようにもなった。

集中治療室には、救急車で重篤な患者さんが毎日運ばれて来る。

私は病状も落ち着き、ベッドがだんだん端の方に移動した。

私は、5日目か6日目かの夜に、自分の現状をしっかりと把握し始めた。

ただ、頭は大丈夫かと不安で、何気なく数学の二次方程式の解の公式を覚えているかを自分に試した所、覚えていてほっとした。

これまで毎日シャワーを浴びていたのに、倒れた後はシャワーを浴びていない。体を拭いてはいただいていたが、体の不快感や様々な不安から、ある夜に寝付けなかった。静まりかえった夜の病室で救急車のサイレンの音や、他の患者につけられているモニターの音が聞こえる。静寂な中でもこの場所は、多くの人の命が救いを求めている。

人一倍健康に気を遣っていたのになぜこうなったのか（飲酒・喫煙もせず、食事もバランスよく取っていたのに）。いろんなことを考えていたら息苦しくなり、上手く呼吸ができなくなり、私はパニック状態を起こしてしまった。

ナースコールボタンを押し、「私を寝かせてください！」と号泣した。

どうやら、過呼吸を起こしていたようだった。

看護師から落ち着くよう言われ、袋の中で呼吸し、過呼吸はおさまった……

私より重篤な患者さんがいるのに、迷惑をかけている自分が一層情けなく、しばらく泣き続けた。

普段泣くことがない私の涙は、その時、ほぼ出し尽くされた。

『自分は何て弱いんだ。ちっぽけな存在だなぁ』

と、しみじみ思った。

他の患者についているモニター音、微かに感じる息づかい、看護師達の気配、この空間で皆、確実にそれぞれが生きている。

『助けられた、生かされたのだから、泣いている時間があったら生きなければ』

次の日、申し訳ない気持ちでいっぱいの私のことを、看護師達は何も言わずに、優しく普段通りに接してくださった。少しずつ話せるようになったり、家族が来たりすることで、私は、本来の自分に戻ろうとし始めた。

そんな中、一番嬉しかったのは、クリスマスイブの日の夕食だった。柔らかいものが食べられるようになっていたので、クリスマス仕様の夕食に久しぶりに笑顔になれた。

メニューすべてを覚えてないのだが、ハンバーグやニンジングラッセ、付け合わせの野菜、スープ、お粥、そして小さなスクエアケーキ。ケーキはチョコとストロベリーのムースだったと思う。

病院でクリスマスイブを迎えるとは思いもしなかったが、この時は嬉しかった。

この2日前くらいから、軽いリハビリも始まった。1日20分くらいだったが療法士が迎えに来てくださり、リハビリ室で血圧を計りながら、少しずつ運動を始めた。集中治療室を出て院内を移動するだけでも、少しだけ気分は変わった。運動といっても右手右足は動かないので、装具を足につけて少し立つ、といった感じだ。右手はダラリとしていたので、三角巾をつけていた。

えっ、もう転院ですか？

入院している時に、集中治療室の担当医師から、リハビリ専門病院の先生が来られることを聞いた。そして私は言われた。

「うちの病院は年末年始、リハビリはお休みなんですよ。あなたはまだ年齢的にも若いので、リハビリを1日でも早く始めた方がよいです。今日ちょうど、そこの先生がお見えになります。お目にかかってください」

『私、若い？　もう46ですが』と心の中でつぶやきつつ、

「あ、はい、分かりました」と答えた。

少しして、リハビリ専門の病院の先生が来られた。車椅子に座っていた私と目線を合わせるように中腰になられ、

「大変でしたね。大丈夫ですか？」

と話し掛けてくださった。

そして、リハビリを1日でも早く始めることが回復につながることを教えてくださり、

「うちに来られて、リハビリ頑張りませんか？」

と、言ってくださった。私は、心の中で、

『まだ倒れて間もないし、一般病棟にも移ってないけれど……』

と思ったものの、

「はい、よろしくお願いいたします」

と答えた。

先生は柔らかい笑顔で、

「お待ちしています。頑張りましょう」

と、言って集中治療室を後にされた。


退院間近、看護師にシャワーを浴びさせていただき、髪も洗っていただき、本当に嬉しかった。恥ずかしさよりも、倒れる前からの汗をすべて流していただいたことの嬉しさが勝っていた。短期間だが、命を救っていただき、懸命に対応してくださった、すべての病院スタッフに感謝の気持ちでいっぱいになった。

転院前日の夜、十日間程の入院生活はあっという間のようにも、長かったようにも感じた。ともかく、間違いなく、私は命を救われ生きている。もし、すべてのタイミングや何かが違っていたら、私は今ここにはいないかもしれない、そして無事に転院を迎えることはできなかっただろう、とベッドの中で考えながら眠りについた。

追憶

意識不明の重体状態の時、私はある体験をした。心霊的なこととか、あの世があるとか、信じていない訳でもないが、完全に信用している訳でもない。今から、お伝えすることは『夢でも見ていたのではないか?』と思われることかもしれない。あくまでも、私が体験したこととして、読んでいただければと思う。

私は透明な球体の中に入って、薄曇りの靄《もや》のような空中を漂っていた。その球体はシャボン玉のように消えてなくなるものではなく、少々柔らかいプラスチックのようなものだっただろうか。そして、私はその中で、自分の存在を確認した。

「あ！　意識あるけど体がない！」
「お気に入りの着ていた洋服や靴、バッグもない！」
『ヤバい、これって死んでいるのか？』

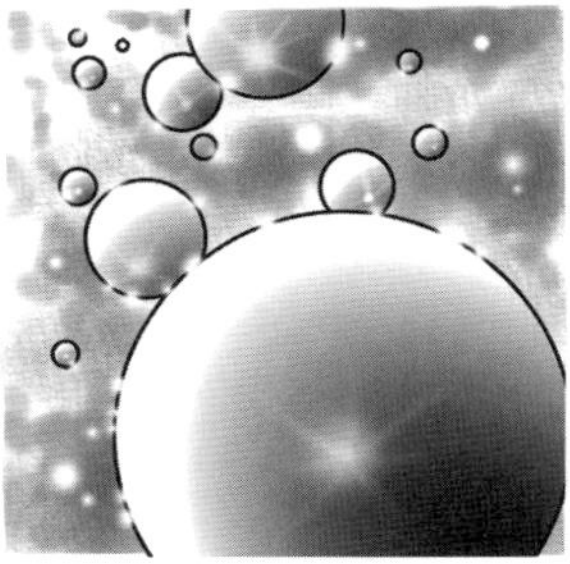

気付くと、周りにも同じような球体が浮かんでいる。というか、緩やかな速度の風に乗って、ある方向に動いている。

私はなぜか冷静だった。

「死ぬ時って、やっぱりこんな感じなんだ。あの世に持っていけるのは自分の意識だけってことか」

そんなことを考えながら、空中に浮かび流されていく。

いろんなことが走馬燈のように、頭の中を駆け巡った。

しかし同時に、直近の現実世界のことも浮かんでくる。

「あの仕事やりかけだ」

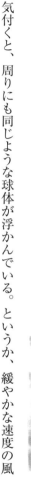

「母親を残していく訳にいかない。順番守ろうよ！（自分自身に問いかける）」

亡くなった父と病床で交わした約束。

「何も心配いらないよ。お母さんのこともね」と言ったのに！

「今死んだら、大勢の人に迷惑がかかる」

球体の中で、ブツブツと独り言をつぶやく私がいた。

「いずれ、こんな風に死ぬのは分かるけど、今は困る……まだ困る……」

「困ります……」

「今は困るんですけどぉーー」

「神様、仏様、本当にマジで困るんですけどぉーーーーーーー」


透明な球体の中で、力一杯叫んだ。とにかく無心だった。


しばらく視界の悪い靄の中を漂っていたが、その光景は消え、視界にオフホワイトの色が見えた。

そのオフホワイトは、集中治療室の天井だった。

『あ、助かったのか？』

『生きてる？』

自分で自分自身を確認した。その時に私は、命の危機を脱したのだった。

夢だったのかもしれない。けれど、あの光景、肉体の無い感覚、その中でも意識だけは、はっきりとある感覚、すべてがリアルだった。

よほど現実社会の方がリアルでない感じもした。

動かない体（この当時）ながら、一緒に漂っていた球体の人達は……と思い、生かされた意味を深く考えるようになり始めた。

第二章　転院、リハビリスタート

リハビリ1か月目

12月28日（月）、転院の日を迎えた。

急性期病院の集中治療室から一般病棟には行かずに、不安を抱えながらもリハビリ専門の病院に転院した。

転院当日、10時前に迎えのタクシーが来た。車イスの私が乗れるタクシーだ。半月振りに、車の中から年末の街並みを見た。転院先の病院に行くまでの15分くらいだったが、久しぶりの街並み、行き交う人々を窓から眺め、様々な思いがした。

病院に到着後、手続きや診察、検査など、午後まで忙しかった。

昼食を用意していただいたのだが、食べ始めたのは14時を過ぎていた。

入院した部屋は7階の4人部屋の窓際だった。母には15時半には帰ってもらった。一人になり、いろいろ考えていたが、同室の二人の女性が優しく声を掛けてくださり、少しほっとした。

夕食はホールで食べる。固定席ではないようだ。私は車椅子で、何となく一人席に着いた。右肩は亜脱臼を起こしダラリとしていたので、三角巾をつけ、左手だけで食事をする。

まだ入院初日。緊張しながらの夕食だった。

「食が体をつくる」と言うので、病院では嫌いな物もすべて食べよう！

そんな決意をした初日だった。


夜は意外と眠れ、転院2日目の朝を迎えた。

眠っている時には、倒れて体が不自由になっていることなど当然だが意識はない。

しかし、目覚めたら右半身には力も入らず、ダラリと重い。

ベッドから車椅子に移動するのも介助していただく。

トイレも中まで連れて行っていただき、便座に座ったらドアを閉めてくれる。

「終わったらコールボタン押してくださいね、すぐ来ますので」

コールボタンを押す。

用を足した私は、まだ自力で立つことも難しいので、すべてをお任せする他ない。

恥ずかしさもあったが、そんなことを考えても仕方がない。

そのまま洗面台まで連れて行ってもらう。

車椅子のブレーキをかけ、顔を洗う。

右手は亜脱臼を起こしているので、朝、三角巾で手を固定してもらっていた。

左手で、病室の洗面台の水道の蛇口を触る。

少し温かい水が出てきた。

左手で水をすくい、顔にパシャパシャとかける。

『何か小動物みたいだな』と思った。

しかし、よく考えたら小動物も両手を使っている気がする。

鏡に映る自分の姿を見て、現実の自分だが、それを俯瞰して見ている、もう一人の自分がいるようだった。

歯磨きは、歯ブラシを洗面台に置き、左手で歯磨き粉を乗せる。

そして、左手で磨き、左手でコップを持ち、うがいをした。

すると看護師がやって来て「宮武さん、お部屋を移動しましょう！」と言った。

『え？ なぜ？』と思ったが、理由はなるほどというものだった。

私は右半身麻痺で、左手を使う。

病室のほとんどのトイレは、座った時に右側にトイレットペーパーホルダーがあるそうだ。

その日、唯一左側にトイレットペーパーホルダーがついている部屋が空いたので、移動する方がよいというものだった。

昨日、声を掛けてくださったお二人が、

「せっかく、これから仲良くできたのに、残念！」

とおっしゃってくれた。

さあ、引っ越しだ。7階病棟の別の部屋に移動した。

その部屋の患者さん方も、皆さん温かく迎えてくださり、安心した。

食事のホールも昨日のホールと別の場所に変わった。

入院2日目から、いよいよリハビリ開始。

12月29日（火）、世の中は年末、大晦日の準備だろうが、もちろん私は、そんな状況ではない。

リハビリは1日最大3時間受けられる。

それぞれの病状によるのだが、私のリハビリは、

言語療法20分

理学療法60分

作業療法１００分（60分と40分）

で組まれた。

テレビのドキュメンタリーなどを観ていたので、リハビリのイメージはあった。イメージはあっても当然、実践はないので不安はあった。

まだ自力でリハビリ室まで移動できないので、療法士が病室まで迎えに来てくださる。車椅子も押し、リハビリ室まで連れていってくれた。

リハビリ室に到着した時の目の前の光景を鮮明に覚えている。


【理学療法】


大きな空間にストレッチなどを行うベッド、歩行訓練のための平行棒、筋トレを行うような様々な器具、小さな階段、そして大勢のリハビリに励む患者さん達……

初日のリハビリは、前半ベッドの上でストレッチ。ベッドに移るのもコツがあり、右半身麻痺の場合ベッドの右側に行き、ベッドに対して斜め45度の角度で車椅子を停車しブレーキをかける。サポートしていただきながら左足の力を利用し立ち上がりベッドに座る。座った後にゆっくり横になる。右足は皮膚の感覚はあるが力が入らない状態だった。足の麻痺状況を確認しながらストレッチを行い、足を動かしていく。後半は平行棒に行き、平行棒前で車椅子にブレーキをかけた。

『何をするのだろう？』と思っていたら立ち座り動作の練習だった。

もちろん、すぐに歩くことはできないと思っていたが、平行棒が何のためにあるのかをはじめは分からなかった。しかし、その疑問は練習を始めて、すぐに理解できた。何もない場所でできるはずもない。平行棒という両サイドに守り神のような棒があるから立つ勇気を持てた。

そう、まずは立つ練習からだ。

療法士は真正面にいて、私がふらつけばいつでも支えられるようスタンバイしてくれている。私は左手で平行棒を持ちゆっくり立つ。倒れて以来、サポートはあるものの初めてしっかり立った。そしてまた、ゆっくり座る。立つこと、座ることを着実に体に覚えさせるよう、ゆっくりと行う。10回ほどしたら休憩し、再度行う。あっという間に60分が経った。

「じゃあ、今日はこの辺で終わりましょう」

「ありがとうございました」

車椅子を押していただき病室まで戻る。

「ありがとうございました。また明日もよろしくお願いします」

と療法士に言った。

【言語療法】

リハビリ室ではなく病棟内の個室で行われた。

一応、会話はできていたが、顔の右半分は、歯の治療の際に麻酔をかけられているような痺れが常にあった。右側の顔をアイシングで刺激しながら、顔のストレッチや発声練習を行う。初日は基本的な発声を行い、食事で困ったことはないかなど療法士と話した。20分があっという間だった。

【作業療法】

やはり病室まで迎えに来ていただき、療法室に向かった。理学療法とは違い、療法室の約半分はベッドスペースで、半分が机上でリハビリができるスペース、奥に調理スペースがあった。理学療法と同様に、ベッドに移動し横になる。まず右手のストレッチからだが、触れられている感覚が全くなく正直ショックだった。

そして、横になっているせいか、まだ意識も朦朧とするのか、眠ってしまうことも多かった。

療法士は、私の麻痺の状態、感覚がどれだけあるのかを細かに確かめながら、長時間ストレッチをしてくれた。私は寝ているだけだった。

右半身麻痺だが私の場合、上肢の麻痺が一番重いのではないかとリハビリを受けながら感じた。

足は動かないながらも感覚はあり、リハビリを頑張れば何とかなるはず、と思えた。ただ上肢は本当に自分の体と思えないほど……例えるならば正座をして足がしびれ過ぎて、触られても感覚がないレベルを超えたものだろうか。肩関節は亜脱臼を起こしていたので、何とか体にくっついている手という感じがした。常に三角巾で右手をつり、車椅子で移動する状態だった。

私の右半身は、誰かに動かしてもらわないと動かない、まるで人形のようだった。

リハビリ初日はとても緊張したが、療法士の皆さんは、とても温かく熱心にリハビリをしてくださった。

1日を終え、知らない人ばかりの中で悲観的な気持ちにも襲われた。

『少しの出血で体はここまでになるのか。回復できるのだろうか』

しかし、私は転院してから泣きはしないと決めていた。悲観的な感情を最大限に引き出せば、泣くこともできたのだろうが、私は、この時、ゲームで例えるなら主人公が満身創痍の状態で、ＬＩＦＥ（命）が復活するため、休憩という時間を与えられたのだ、と考えるようになっていた。

○入院時の状態

次の表は入院当初の様々な状態をまとめたものである。専門用語も多いが、参考になればと思い掲載した。これらはリハビリの要約ということで、私が病院に依頼してまとめていただいたものである。

項目	入院時
認知機能・ 心理面	認知機能：（MMSE：30点）認知機能低下なく、日常会話上も問題なし。 心理面：発症に関して落ち込みはあるがリハビリに対しては積極的に取り組まれている。
高次機能障害	注意障害（軽度）TMT-A28秒-B1分48秒 起居時、右上下肢の忘れあり。覚醒状態も影響の可能性あり。
バイタル	BP100mmHg/60mmHg　P=50回 BP130mmHg/80mmHg　P=70回
麻痺 （Br stage）	上肢：Ⅲ 手指：Ⅳ~Ⅴ（手指の屈曲・伸展可能だが対立動作が困難） 右下肢：Ⅳ-2
（筋緊張） （R/L）	右上肢：肩周囲　安静時　弛緩　動作時　軽度亢進 右下肢：安静時）両股関節内転、ハムスト、 ガストロ MAS1 運動時）両股関節内転、ハムスト、 ガストロ MAS1+
（感覚） （R/L）	右上肢：表在　重度鈍麻　0/0⇒5/10 右上肢：深部　重度鈍麻　0/0⇒肩0/10 肘5/10 手0/10 右下肢：表在）3/10 深部）4/10
関節可動域 （R/L）	制限なし（肩甲骨の動きが固く、肩関節挙上時クリック音がある）
筋力（R/L）	上肢：2/5　体幹：4　右下肢：3　左下肢：4
握力（R/L）	右のみ　13.5kg（療法士のサポートあり）
その他	覚醒状態：JCSⅠ-1（軽度）リハ中に眠気の訴えあり。右肩、1横指亜脱臼あり。

PT（理学療法士）・OT（作業療法士）評価

	発症前	入院時
起居	3	2
移乗	3	2
移動（屋内）	3	0（車椅子）
移動（屋外）	3	未実施
ADL	3	食事：3 整容：3 更衣：2（立位バランス不安定の為） 排泄：2（立位バランス不安定の為） 入浴：1（車椅子の撤去に介助）
BI（100点満点）		80点
FIM（126点満点）		運動項目：61点 認知項目：35点 計　　　：96点
IADL	3	1（洗濯：母親の介助）

基本動作・ADL（日常生活動作）
『動作評価　0：全介助　1：部分介助　2：見守り　3：自立』

右の表は発症前と入院時の比較を表にしたもので、発症前は当然すべての項目で自立3だ。

しかし入院時には項目によって3もあるが、他は0～2とばらつきが見られる。

医療従事者の方々は専門用語が当然分かるが、私は言葉をネットで調べなければ、すべてを理解することは難しかった。もちろん、ある程度の説明は事前にしていただいた。

身体機能、特に麻痺になった右半身の影響で、基本動作を含め、わずかな脳の出血がここまで体の自由を奪ったのだ。そのことだけは容易に分かる。

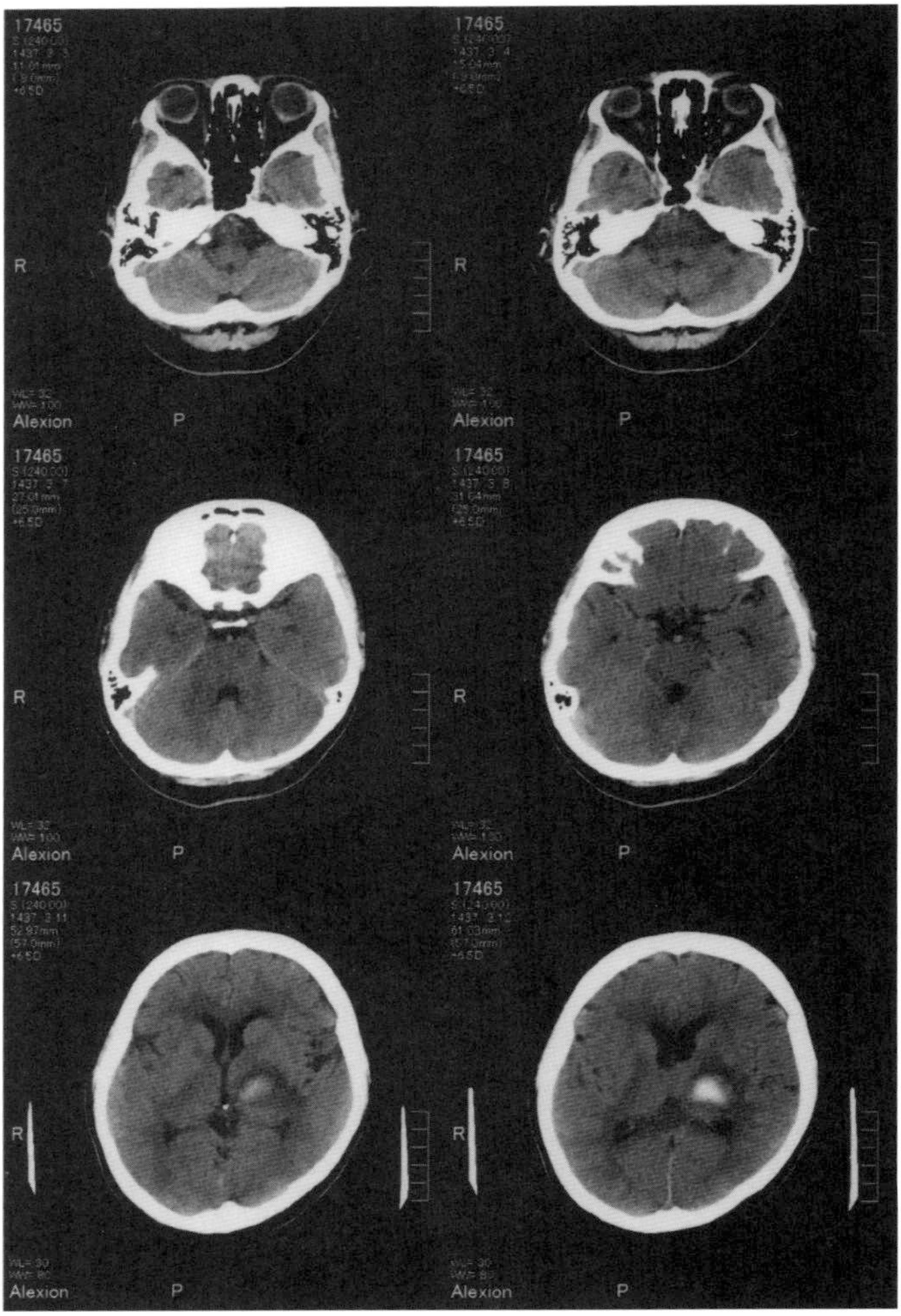
17465
R
Alexion
P
17465
R
Alexion
P
17465
R
Alexion
P
17465
R
Alexion
P
17465
R
Alexion
P
17465
R
Alexion
P

○脳の画像（CT）

転院当日、あらためて脳の画像を撮影していただいたのだが、右はその画像である。

右下の画像を見ると中心近くに白い影があるが、これが出血の跡である。画像は右側にあるが反対に捉えていただきたい。私は左側の脳幹近くの視床という場所に出血を起こし、その結果体の右側に著しい麻痺が出現した。よくこんな場所が前触れもなく出血したものだ、と思った。

ピンポイントで出血を起こし、最小限で止まっていることも分かる。

そして同時に、亡き父に梗塞として襲い掛かった脳幹に非常に近い、スレスレの所で出血を起こしたことも。

たった6ccの出血が、左視床という場所で起きたために、私の右半身の運動機能に障害を起こしている。この事実に驚愕した。父の病気の時にも、私自身も検診でMRI画像を見たことはあった。喫煙もせず、飲酒もほとんどしない私の血管は、見事なまでに美しく太い血管だった。なぜ、脳幹に近いこの場所が出血を起こしたのか不思議だった。ただ、出血した場所は時間経過と共に吸収されるそうだが、一度出血を起こした部分が元に戻り、体の機能が回復するといった淡い希望は、叶うことではないことを知る。

生きることへの執念

転院して2日目だったろうか。

就寝前の薬も飲み、車椅子からベッドに移り、眠りにつこうとしていた。就寝時間前から眠っている患者さんもいらっしゃったようだが、私は布団の中でぼんやりと考え事をしていた。その時、急にけたたましい音の非常ベルが鳴り、その音とは対照的に機械による冷静な声のアナウンスが流れてきた。

「5階で火災が発生しました。直ちに避難してください」

『え？　どうやって？』

再度、同じアナウンスが流れる。

「5階で火災が発生しました。直ちに避難してください」

私は7階に入院していた。

しかも転院2日目、倒れて2週間程。右半身は全く動かない状態だったので、パニックを起こしていてもおかしくない。

しかし、なぜか私は冷静だった。

私は人一倍嗅覚が鋭いので、火事が起これば何らかの匂いを感じるはずだが、今の所は何も感じない。ただ、「避難してください」という機械のアナウンスを疑う根拠も持ち合わせてはいなかった。

『ここに来て火事……倒れても、せっかく助かったのになあ』

『避難っていっても、どうする？　匍匐《ほふく》前進しかないいな』

『火事の時は空気中の酸素は下に溜まるって聞いたことがあるから、とりあえず、避難できる態勢を取ろう』


私はベッドの上で起き上がり、周囲の様子を耳でうかがっていた。

バタバタバタと看護師をはじめ病院スタッフが、各病室をまわって来た。

私の部屋にも当直の看護師が来られて、

「今の火災警報は警報器の誤作動で火事ではないです。宮武さん、びっくりされたでしょう。安心してください。大丈夫ですか？」

と言われた。

「あ、はい、大丈夫です。どうやって逃げようか考えていました（笑）」

と言うと、

「転院されたばかりなのに、ご心配おかけして本当に申し訳ありません」

と、当直の看護師が若干涙ぐんでいるように見えた。

「いえ、大丈夫です。ありがとうございました」

正直、当たり前だが、火事が誤報でほっとした。

私は不思議と、この体なのに助かる自信があった。私より重たい症状、ご高齢の患者もいて、夜勤の病院スタッフの数を考えると、比較的年齢の若い私は、自分が助かるということを考えつつ、逃げるだけではなく『何かできることをしなければ』とも思ったが、よい意味で実現しなかったのだ。


ベッドに横たわり考えた。

今までの人生で、何度も死にたいと思うくらい、つらいことがたくさんあった。本当に死んでしまいたい、と思ったこともあった。だが、いざ実際に今回のように死の恐怖に直面した時に、不自由な体でも、

『何としてでも生きる』

という気持ちが湧き上がり、助かる方法を模索している自分がいた。不思議なものだ。

そんな自分が少し滑稽にも思え、布団の中でニヤリとしながら眠りについた。

テレビが観たい

テレビは予約制らしく予約をお願いしたのだが、何と、テレビがすべて貸し出されていると聞き、空きがないと言われた。ショックだった。倒れるまでの私は、テレビを観ることが、当たり前の日常だったからだ。

仕方がないのだが、テレビを観られないのはつらかった。

しかし、ありがたいことに年末で一時帰宅される方のテレビをお借りすることができた。嬉しかった。

12月31日。夕食に年越しそばも出て、おそばをいただいた後、夜にベッドでイヤホンをつけて紅白歌合戦を観た。動かない右半身に不安はあったが、歌を聴くことができ、元気をもらえた。

『病院で年越しを迎えることになるとは思わなかったな』

意外に冷静な私が、そこには存在していた。

心の揺れ

「気持ちの落ち込みとかないですか？」

入院当初、病院スタッフによく聞かれた。

「特にないです。こうなったのは仕方ないですし、リハビリ頑張るしかないので」

と答えると、

「そうですか、何かあったらおっしゃってください。ご無理なさらないでくださいね」

と優しい言葉をいただいた。


気持ちの落ち込み。ないと言えば嘘になるが、それを表出する気持ちはなかった。救急搬送された病院で悲しみの涙は出し尽くした。私より大変な状況で闘っている患者達の息遣いや気配りを忘れることはなかった。

だから、転院先の今の病院では、前を向くしかないと覚悟を決めていた。

何度も「大丈夫ですか？　気持ちの方は？」と聞かれたが、

「こうなったことは本意ではないですが、納得していますから大丈夫です」

と答えると、それ以降、聞かれなくなった。

淡々とリハビリに取り組む日々。病院内の環境や人間関係など、小さなことを悩みに変えてしまうことは簡単だ。だが、そのエネルギーは回復するエネルギーを減退させると確信していたので、極力悩んだり考えたりすることから距離を置いた。

実は昔から、人前では強がっても、小さなことにも反応し、深く悩む性格だった。この性格もリハビリしていこうと思っていた。明るくリハビリに取り組む。『なるほど！』と、リハビリの効果に感心する。

笑顔で他の患者と挨拶する。
昨日より今日
今日より明日
何か良いことがあるように過ごす。
他人と自分を比べず
自分に注視して
自分に軸を置き
周りの方へ感謝して過ごしていく。

『体もだが心もリハビリし、絶対にもう一度這い上がるんだ』

と胸に秘めていた。

多くの様々な病気と闘っている方々が、それぞれ心の揺れを持っていると思う。

気持ちが弱ったり、悲しくて泣きたくなったり、涙を流したり、どうにもならない現状に怒りを露わにすることもあると思う。

皆それぞれ、己の命と向き合い、日々生きている。

ぼんやり分かっていたつもりの様々なことが、倒れて体の自由を失って初めて、ようやく命や健康の大切さに気付く。

毎晩、消灯時間に暗くなった病室のベッドに横たわり、動かない重たい右半身を感じながら思考を巡らせた。

『もっと気を付けていれば』

『無理をしていなければ』

後悔の念は、次々湧き上がる。

当たり前だが、時計の針を戻すことはできない。

元気だった、あの日々に戻ることはできない。

現状の自分を客観的に見つめる、自分の中に新しい二人目の人格を作り出し、とにかく前向きなことしか考えないよう、思考の舵を切った。

本当は倒れる前の日常に戻りたい。

だが無情にも時間は流れている。

『まだ若いんだ！　這い上がるんだ！』

決して若くはない中年だが、毎日、気持ちを鼓舞していた。

つらい気持ちを少しでも出したら、砂山のように一気に自分が崩れそうだった。

暗がりのベッドの中で涙が出そうになった時は、目を瞑り、無理やり眠った。

新年

2016年1月1日元旦
新年を病院で迎えた。
朝、ホールで他の患者さんと朝食を待っていると、
「初日の出が見えるよ！」

とある患者さんが言われたので、窓の方を見ると山際にはっきりとオレンジの太陽が見えた。

それを見た瞬間、

『来年は絶対に病院でない場所で初日の出を見よう！』

と決意した。


お正月を感じられるメニューの朝食を目の前に、感謝しながらいただいた。

入院中での食事は本当に楽しみだ。私は、まだ柔らかめのご飯だが、それでも食べられることの幸せを日々、感じていた。

食後は処方された薬を飲まなければならない。私の薬は看護師が管理していて、毎食後、テーブルまで薬を持って来てくれていた。食事後、薬を飲む。

「ありがとうございます。ご馳走様でした」

1日3回のルーティン。

リハビリ専門病院は、年中無休だ。

元旦からも当然リハビリである。これには、正直驚いた。

しかし、当時の私にとっては忙しいくらいが、ちょうどよかった。

なぜなら、余計な悩みを持つ時間がなくなるのだから。

眠気はまだまだあったが、何故かリハビリに積極的に取り組むことができた。

特に足のリハビリは、療法士に組んでいただいたメニューをクリアしていく喜びも大きかった。学生時代に運動をしていたおかげか、リハビリがきついとは感じなかった。そして、頭で筋肉の動きをイメージしながら、リハビリメニューに取り組んでいた。

脳出血で半身麻痺になったのが、足に関しては、

『スポーツでケガをしたんだ！』

と、架空の設定をつくった。その方が、リハビリに前向きに取り組むことができる気がしたからだ。脳出血から現実逃避したということでもないが、今思い返せば、いかに前向きに行動できるかを、自分なりに模索していたのだろう。

まずは車椅子から立ち上がり座る、という動きの練習を繰り返す。麻痺を起こしている右足はすべてが不安定なので、装具をつけていただきリハビリをする。立ち上がる時には、視線を床に落とし、しっかりと前傾姿勢のイメージで腰を上げ立ち上がる。不思議と視線が前を向いたり、顔が真っ直ぐに前を向いていたりすると、上手く立つことができない。そんな時、若い頃スキーをした経験があったことを思い出した。高校の修学旅行が初スキーで、社会人になってから趣味でスキーに行った。10回ほど行ったと思う。スキーでは重心が後ろにいくと決まってこけたものだ。でも恐れずに

重心を前に乗せ、膝の力も使いコースを滑っていくと、転倒することもなく、気持ちよく滑れた。過去の体験は体が覚えてくれている。座る・立ち上がるという動作は早くクリアできた。赤ちゃんと同じ感じで、新しく脳に教え込んでいく。不思議と足に関しては、希望を持っていた。

車椅子から立てるまで、どれだけかかるか分からなくても……

その頃、ある日エレベーター前で、同じ階に入院されている女性から、

「私も3か月前は、あなたと同じ感じだったのよ」

と声を掛けられた。その方は、杖で歩かれていた。

「え？　本当ですか？」

と聞くと、

「そうよ、リハビリでここまで回復したの。だから、あなたも治るわよ！」

と言ってくださった。

その時、嬉しさ半分、本当かな、という疑い半分の気持ちになった。

でも、その女性の優しい微笑みに元気をいただいたのは確かだった。

作戦開始

転院してすぐ、車椅子の私は、自分で行動することはすべて介助つきだった。ベッドから車椅子への移動、トイレまでの移動、トイレで車椅子から便座に座ること、終わったらナースコールでまた介助をお願いする。リハビリ室へも療法士が病室まで送り迎えをしてくれる。

大変ありがたいことだった。だが、私は、こうも考えるようになった。

『ゲームの主人公のように、一つ一つアイテムや武器や権利を得なければ』

車椅子の操作は、左手でも上手くできる自信があった。

もちろん左手だけで車椅子を操作すると右側に逸れていくので、左足も地面につけながら調整していたが、スタッフの方々にご迷惑をかけないためにも、まずは、

『車椅子の自立を勝ち取ろう！』

と考えた。

そこから私は、**【車椅子の運転テクニックアピール】**を始めた。

エレベーター内でも、療法士の見守りの中、車椅子を直進させ旋回しバックでピタッと壁際に寄せ、リハビリ室でも、左手で車椅子を自由自在にコントロールする所

を見せつけるようにした。

数日後、複数のスタッフや看護師から、

「宮武さん、車椅子の操作上手いですね」

と言われたので、

「ありがとうございます。まあ、車の運転と原理は変わらないので車幅の感覚さえ掴めたら、こんなものですかね」

と、涼しげに答えた。

2016年1月7日、早くも終日院内車椅子駆動自立を告げられた。

私という主人公は、ゲームで例えるなら、うまく一つ権利を勝ち取った。

しかし、これは条件付きで、移動してよいのは病室からリハビリ室まで、病室から食事ホールまでだった。

それでも、これは大きな一歩だった。そして、嬉しいことに、着替えとトイレの自立も許可をいただいた。転院して、不謹慎ながらゲームの主人公という立ち位置に自分自身を置くことで、病気や麻痺になったことへ挑戦することに意識を向けた結果が、短期間で成果として出せたことは、今後の希望につながった。ここから次々に、消灯後のベッドの中で作戦を立て始めた。

ただ、リハビリに関しては何の知識もないので、それぞれの担当療法士の教えにしっかりついていこうと思った。


足のリハビリは順調に進んでいるのを感じていた。

平行棒の中で少しずつ歩くことができ始めた私は、廊下の壁に設置されている手摺を使った歩行練習を開始した。開始時期は1月の10日だった。まだ、自力歩行をしているという感覚には遠いが、平行棒という安心空間から脱出し、療法士のサポートで、廊下を歩くまで確実に回復していたことには、感慨深いものがあった。

壁沿いの歩行練習では、普通に手摺を持ってゆっくり歩くことから始まり、スクワット的な動きも取り入れ、筋力強化を図っていった。

そして、いよいよ1月11日に杖歩行の練習が始まった。

リハビリ室には貸し出し用の杖があったので、初回はその杖を借りた。麻痺していない左手で杖を突き、一歩ずつ確実に歩いていく。療法士が側についてくださっているので、安心して歩くことができた。ただ、亀の歩みのように、じわりじわりと歩くことしかできなかった。

初日の歩行練習が終わった時に、

『リハビリ室の杖を借りるのもいいけど、自分の杖がほしいな……いや、買おう!』

と思った。そこで、療法士に、

「杖って、買うことできますか?」

と、聞いてみた。

「はい、院内に介護用品店があるので購入できますよ」

「私、自分の杖がほしいなと思うんですけど、買うのは早いですかね?」

「いや、そんなことないですよ。夕方、一緒に見に行きましょうか」

「はい、お願いします。私、道具から入るタイプなんですよ(笑)」


その日の夕方、杖を買いに行った。驚くほど、デザインも色も様々な杖がある。私は、

「こんな杖じゃないと駄目とかありますか?」

と尋ねた。

「いえ、そんなことはないです。T杖なら大丈夫です」

と言ってくださったので、サンプル商品を遠目に見ていると、ビビッとくる杖を見つけた。鮮やかな水色のメタリックカラーで、フォルムはまるでスキーのストックみたいな……一目惚れだった。

「これにします！」

と私が言うと、療法士が、

「花柄とかの杖もありますよ。宮武さんが選んだモデルもピンクとかもありますが」

と言われた。恐らく私が女なので、気を遣ってくださったようである。

「いえ、この水色の杖がいいです。スキーのストックみたいで格好いいし、リハビリのテンションあがります！」と答えた。

「色は、水色でいいですか？」と、再度確認してくださったので、

「私、水色とか青系の色が好きなんですよ」と話すと、

「そうなんですね、分かりました」と言われた。

私は、一目惚れした水色のメタリックカラーの杖を購入し、満足して店を後にした。

行きは自分で車椅子を颯爽と運転していたが、帰りはできなかった。なぜなら、店までの廊下は緩やかではあるが下り傾斜、帰りの傾斜は上りだったからだ。少し車椅子を動かした後、緩やかな傾斜を上がれず、

「すみません、帰りは無理でした。お願いします」

と謝りながら、療法士に車椅子を押していただいた。

病室に戻り、購入した杖を見てニヤニヤしてしまった。他の患者さんから、

「あら、素敵なかっこいい杖を買ったのね」

と声を掛けられ、嬉しかった。


不思議なことだが、私が杖を購入後、そのモデルの杖の売り上げが急に伸びたそうだ。そういえば、リハビリ室で同じ杖を持っている方が増えてはいた。頼もしく格好いい相棒もでき、足のリハビリは一層やる気が出てきた。

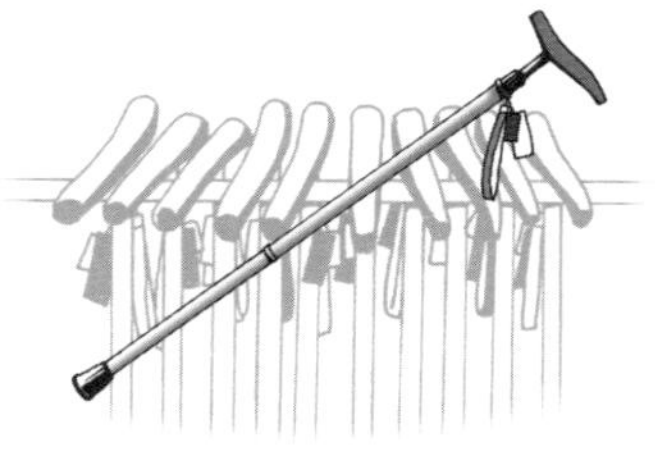

言語のリハビリは3週間で終了した。言語に関しては、特に作戦を立てた訳ではな

かった。言語のリハビリでは、感覚が麻痺している右側の顔をアイシングし、筋肉のストレッチをしていただき、その後、発声練習をする毎日だった。発音しづらい言葉や長文を、療法士の後に続けて声に出すという感じだ。小・中学校時代、放送に関わる活動を少しした経験から、声を出す言語のリハビリは非常に楽しく取り組めた。もちろん、倒れる前より話しづらさはあったが、私がある程度話せたこと、そして食事もだんだん普通食を心配なく食べられるようになり、無事に言語のリハビリ卒業となった。食事の時も、療法士が、私がしっかり噛んで食べているか、様子を見てくださりありがたかった。

ということで、言語の20分のリハビリは、足のリハビリの時間に追加された。

右手での筆記

1月下旬、右手の回復を信じて、震える手で毎日のリハビリ予定をノートに書き始めた。

右手は、ほんの少しずつ動き始めたが、ボールペンを持つことすら困難な状態だった。それでも麻痺した右手で字を書いてみようと思ったのは、同じ病室の隣の女性から掛けていただいた言葉だった。

その女性は毎日、リハビリの予定をノートに書かれていた。私と同じ利き手である右手が麻痺されていた。それでも毎朝、ペンを握りノートに向かっていた。

「凄いですね。右手で書かれているのですか？」

「下手な字だけどね。でも何もしなかったら、ますます動かなくなるじゃない。だから、こうして書いているの。宮武さんもやってみたらどう？」

「いやぁ、できますかね？」

「はじめは書けなくても、毎日やっていると少しは書けるわよ。うまくなくていいのよ」

拝見した文字は、きちんと読むことができ、しっかりした文字だった。

麻痺した手で、ここまで書けるのかと、驚いた。

この会話の後、すぐに車椅子で売店に行き、ノートとボールペンを購入した。

車椅子に座ったまま、膝の上にクリップボードを置きノートを広げて留め、その日のリハビリ予定を書いてみる。

震える右手は、倒れる前に文字を書いていたことを取り戻そうと動いた。しかし、書かれた文字はノート5行分の幅を使い、ヨレヨレと曲がりくねっていた。

『毎日続けていたら、少しは上手くなるだろうか？』

リハビリ室だけのリハビリでは足りないと思っていたので、右手に関しては病室でもできることをしたいと思っていた。

ノートにリハビリ予定を文字で書くことは、この日から退院まで、毎日続けた。

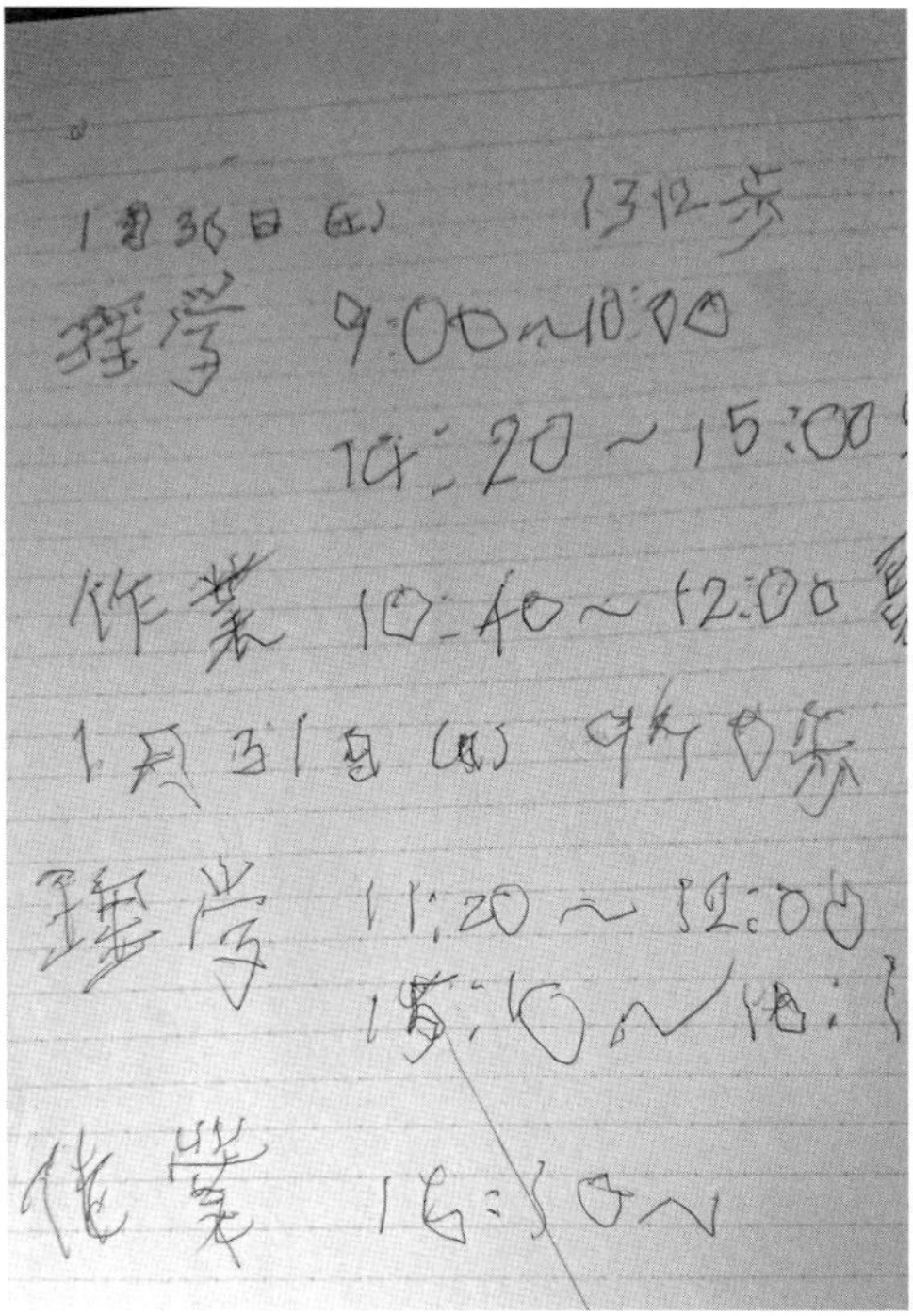

自力入浴への道

毎日の入浴。これが、私の中ではかなりハードルが高く、我慢を強いられる戦いになった。私は、元々アレルギー体質で、ハウスダストのアレルギー抗体が人の二千倍もある。毎日シャワーを浴びられないことが、どれだけ苦痛か……。それでも週に2回は入浴日があったので、ありがたかった。はじめは、看護師に、体も髪も洗っていただき、乾かしていただき、すべてをお任せする他なかった。

『毎日、入浴する道は遠いな』

少し気弱になった。

同室の方で杖歩行されていた女性は、毎日シャワーに行かれていた。正直羨ましかった。

車椅子の私が、完全に杖歩行になるにはまだまだ時間がかかる。それは自覚していた。しかし、そこでまた、閃いた。

『**左手で、シャンプーも体を洗うことも、自分で結構できますってアピールしよう**』

看護師も、一度に数人の患者の入浴介助をされる訳で、少しでも自分でできれば、その分、お役に立てるかもしれない、と。

そして、スタッフに、

「まだ私、車椅子ですけど、シャワー室まで移動して洗い場まで行けたら何とかなるのですけどね。本当に早く毎日シャワーを浴びたいです」

と訴えた。スタッフは、

「お気持ちは分かりますが、許可が出ないといけないので」

と言われた。

「でも、宮武さんは、左手で上手く髪も体も洗われていますね。スタッフで相談しますね」

とおっしゃってくださった。


1月下旬、女性作業療法士による私の「入浴テスト」が行われた。

移動は、車椅子でよいので浴室まで行き、壁際の手摺につかまって立つ。その間に車椅子を撤去していただき入浴用介助椅子を設置。手摺につかまったままゆっくりと椅子に腰を落とす。シャワーを浴びている間、ふらつかないか、きちんと洗えているか、などを見ていただいた。ドキドキしながら、返事を待っていると、

「宮武さん、大丈夫だね。明日からシャワーいいですよ」

と言ってくださった。

『神様、仏様、療法士様、ありがとうございますー』

しばらく、シャワー室への移動では、スタッフにお世話になったが、後の二月中旬には、完全に入浴自立も許可をいただいた。

一月の追憶

①食べることは生きること、そして生かされることの意味

入院中の楽しみの大半は食事だった。何せ、転院当初は自由に行動することもできず、三食提供していただく食事が、私の命をつないでくれていると言っても過言ではない。私は時間があると車椅子でホールに行った。1週間の献立メニューを見ることが楽しみだった。

そこで「鶏肉のソテー」というメニューを見て、一瞬ゾワッとした。私は肉類全般あまり好きでもなく、焼肉店に喜んで行く人間でもなかった。肉類の中でも鶏肉は、幼少期の思い出が長期間、私のトラウマになっていた。

私の両親の故郷は鹿児島の南の、のどかな町にある。父方の親戚の家は農家で、昔は米作と共に牛や鶏なども飼っていた。

私が3歳くらいの頃だっただろうか。

久しぶりに大勢の親戚が集まり、その日は賑やかだった。鶏が庭にたくさんいたのを初めて見て、追いかけながら遊んでいた。そうこうしていると、鶏達はサァーっといなくなった。

「どこにいったのかな？　お昼寝？」

などと私は考えていた。夕方近くになり、親戚のおじさんに、

「鶏さん達、どこに行ったの？」

と尋ねると、

「今日は、みんな大勢そろったから、ご馳走だぞ」

と指をさした。

指さす方向を見ると……ご想像にお任せするが、昼に友達になった鶏が二羽、物干し竿のような所で吊るされていた。

「なんで、なんで、せっかくお友達になったのに！」

「ひどいよ……（半泣き）」

おじさんは、
「この子は変わってるね」
と、両親に言ったそうだ。

私以外の人は新鮮な鶏を美味しそうに食べ、私はおにぎりと何か野菜のおかずを食べ、縁側で落ち込んでいた思い出がある。

今にして思うと、新鮮な鶏を夕食に振る舞うということは、最上級のおもてなしだ。親戚が私達家族を含め、集まった人々に喜んでもらうための最大限の心遣いだ。ただ幼かった私には、理解する力がなかった。

その後、物心つくまでベジタリアンに近い食生活になった。

小学校入学を機に給食が始まり、好き嫌いを言うこともできずに苦しんだ。

特に鶏肉が給食で出た日は、幼い記憶を思い起こし、つらかった。

脳出血を発症して倒れるまで、食べることに対して人間である私自身が優位に立っている、と錯覚していた。食材になってくれているすべてのものは、動物も魚も野菜も果物も、自分の命を差し出して、私という命のために目の前に来てくれている。
「いただきます」

病気になって、心からそう思い、言葉にするようになった。

調理してくださっている方に対しても感謝の思いで「いただきます」と言うが、様々な命をいただいて、私は生かされている、そう思うと鶏肉のソテーの鶏皮へも敬意を払い、パクッと飲み込んだ。


病気にならなければ、食に対して傲慢に考え続けていただろう。

生きていくためには、食べることは必要だ。

ただ、すべての食材への感謝や敬意を持つことを忘れずに、これからは生きようと思った。

そして、生きているからには、生かされているからには、何か少しでも誰かのお役に立ちたいとも思った。

②入院中、髪を切る

倒れてから髪を切っていなかった。倒れるなんて思ってもなかったのと、年末に美容室に行く予定だったので、髪も伸びきっていた。その髪が右側の顔に触れると少し痛いと感じるようになっていた。右半身は感覚を取り戻していく中で、少しの刺激にも過敏に反応するようになった。

『髪を切りたい』

と思いながら車椅子で廊下を通っていると、ふと掲示板に目が留まった。

何と、月に一度出張で美容師の方々が来られるとのこと。1月、まだ予約取れたらカットしてもらえるかもと思い、スタッフに尋ねると、

「大丈夫ですよ。混み合いますけど、リハビリとも調整しますので」

と言ってくださった。

無事、予約も取れ、午前中、美容師が病室まで迎えに来てくださった。

私は、「ありがとうございます。お世話になります」と言った。

美容師は、「いえいえ、シャンプー、カットでよかったですかね?」

と足早に車椅子を押してくれる。

「はい、お願いします」と答えつつ、

『これだけ急いでいるって事は、かなり人が多いのかな？』と感じた。

到着して驚いたことは、同じフォルムの女性が皆、目を閉じて、じっと座っていらっしゃったことだ。

私はシャンプーしていただき、行きつけの美容室のカットラインのまま、毛先を整えていただき、あっという間に終了した。帰りも、数名の女性達がまだじっと座っていらっしゃった。女性は、おいくつになられても、お洒落だ。急いでリハビリに行くと、療法士が髪を切ったことに気付いてくださった。倒れてから、少しだけ自分を取り戻せたかな、と思えた1日だった。

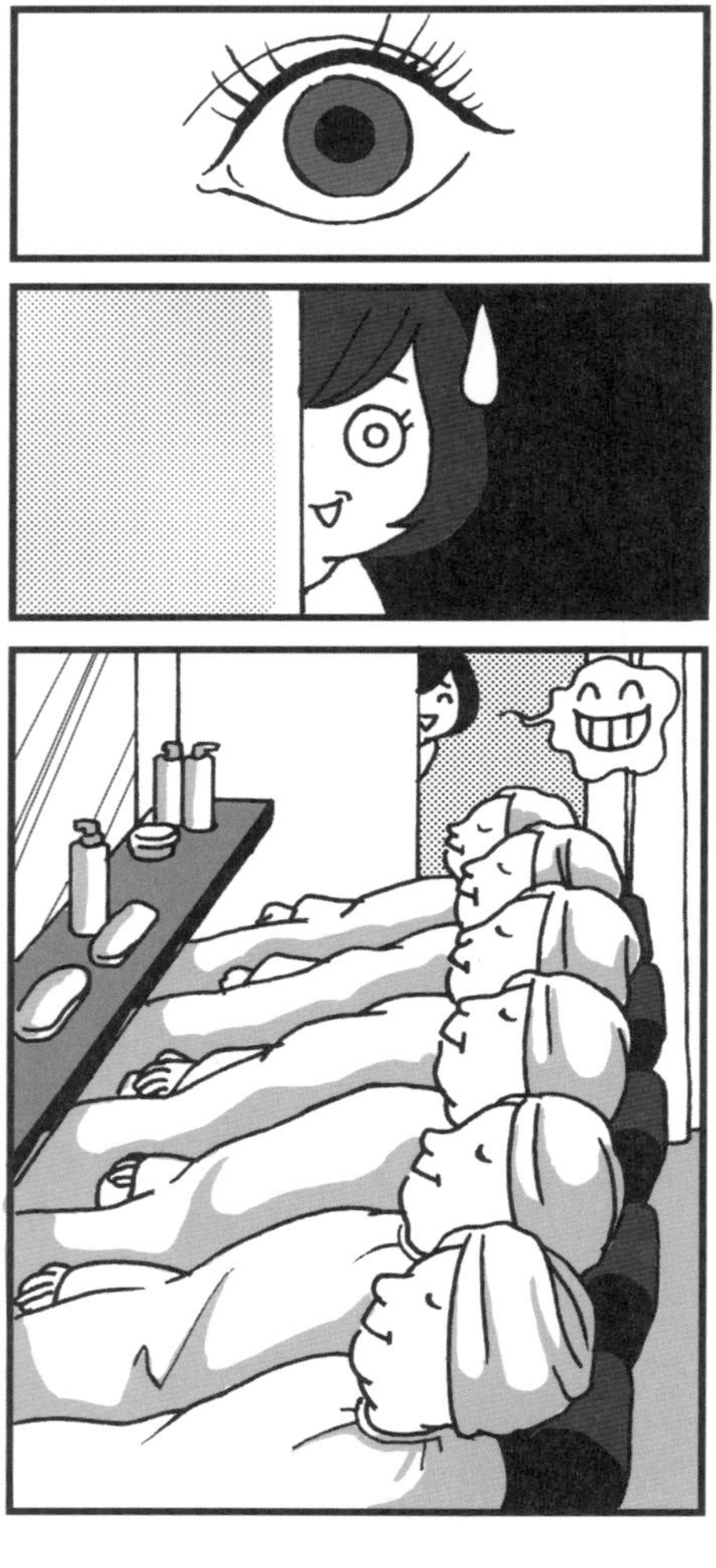

③脳の画像（CT）

発症後1か月の脳の画像を次ページに掲載する。出血の跡は分かるが、先月に比べたら痕跡は薄くなっている。

ピンポイントで出血を起こした場所は、周りの箇所と差はあるものの、明らかに吸収されている。少しでも回復していることに、心の中で静かに喜んだ。そして、リハビリへの期待も高まっていった。

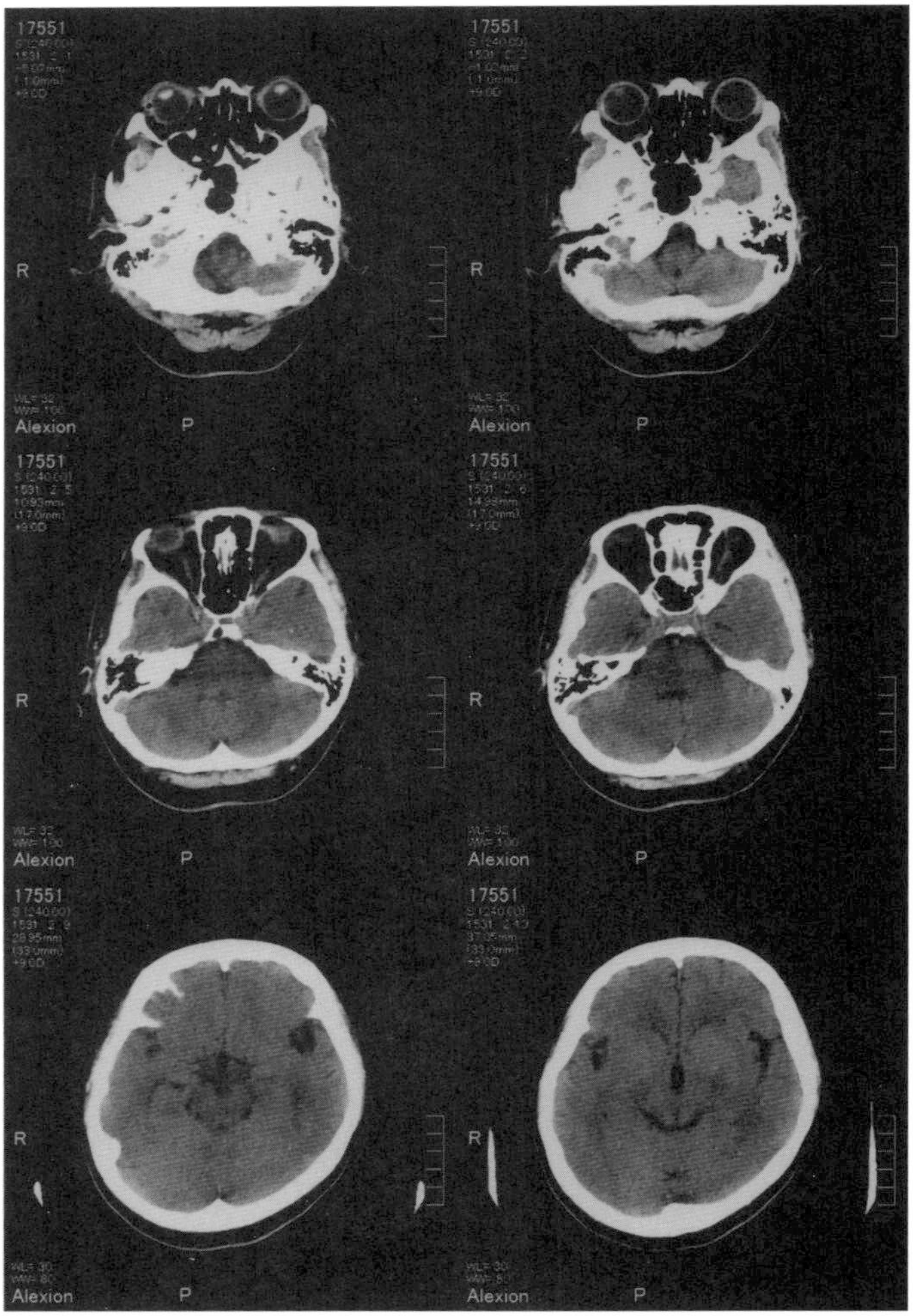
17551
R
Alexion
P
17551
R
Alexion
P
17551
R
Alexion
P
17551
R
Alexion
P
17551
R
Alexion
P
17551
R
Alexion
P

④転院から1月のリハビリ経過

理学療法（PT）	2015.12.28　入院、右下肢に弛緩性麻痺、感覚障害を認めた。膝折れ、内反尖足があり、基本動作に軽介助、歩行中は中等度介助を要している状態だった。PTでは麻痺促通、筋力増強に対してアプローチを行い、屋内外のT杖歩行自立に向けアプローチを開始 Br stage：Ⅳ-2　表在感覚(右)：3/10 深部感覚(右)：4/10　GMT：3/4 2016.1. 6　日中病棟内車椅子駆動自立 1. 7　終日院内車椅子駆動自立 1.11　Br stage：Ⅴ-1　表在感覚(右)：7/10 深部感覚(右)：7/10　GMT：4/5 10m歩行(杖)：60秒 1.20　Br stage：Ⅴ-2　表在感覚(右)：8/10 深部感覚(右)：8/10　GMT：4/5 10m歩行(杖)：25秒
作業療法（OT）	2015.12.28　入院、右上肢に弛緩性麻痺(右上肢 Br stageⅢ、手指Br stageⅣ)・重度感覚鈍麻、注意障害が軽度認め更衣・排泄・入浴に介助を認めた。その為OTではT杖歩行にて、入浴を含むADL自立、IADL（調理・洗濯・買い物）自立に向けてアプローチ開始 2016.1. 6　握力(右)13.8kg 1. 7　終日更衣・排泄自立 1.11　右手指　表在・深部感覚中等度鈍麻に改善。TNT-A 29秒-B51秒 1.14　握力(右/左) 17.1kg/27.9kg 1.17　上肢 Br stageⅣ-3 1.30　肩の亜脱臼0.5 横指に改善

リハビリ 2か月目

入院生活が始まって一か月が過ぎ、リハビリを含め、自分でできることを病院スタッフにお世話になりながら頑張っていた。しかし、洗濯物は母に頼らざるを得なかった。入院されている患者の多くは、ご家族（患者の子どもさんなど）が着替えの洗濯をされ、持って来られていた。私は、高齢で足の痛みを抱えた母に頼るしかない状況に、申し訳ない気持ちと何とかしたい気持ちでいた。

アレルギー体質の私は、下着はもちろんだが一度着た服（上着など）も洗濯しないと、肌に痒《かゆ》みを起こす。そういうこともあり、母は一日おきに病院まで洗濯物を取りに来て、洗濯した着替えを持って来てくれた。寒い冬に病院までタクシーで来て、重い着替えの袋を、息を切らせながら持って来てくれる。私は、母が来る時間に合わせ、エレベーターの前で待った。母が来たら、着替えの袋を車椅子に乗ったまま膝上に置き、病室まで上がった。母は杖を突きながら歩いて来て、私の病室のベッドに腰かけ

少し休み、息を整える。

母は口数が多い方ではなく、また病院という場所があまり好きではなく、私の様子を確認して洗濯物を持って帰る。そして一階ロビーでタクシーを呼ぶ。

「ありがとう。気を付けて」と言うと、

「うん、もういいよ」と母は言った。

しかし、母がタクシーに乗り出発するのを確認して、私は車椅子で病室に戻った。

年老いた母に負担をかけている自分が情けなく思えた。

『母も限界だろう。タクシー代も負担になる。何とかしなければ……』

そんなことを考えながら、車椅子で病院内の洗濯ルームに行ってみた。

その時に驚きの光景を目にした。


会話をしたことはないが、同じ階に入院されていた車椅子の女性が、一人で洗濯をしていた。咄嗟に、目を合わせたらいけないと思い、遠目に見させてもらった。

『車椅子で、ご自分で洗濯されている。私もできるかも』

この思いをすぐに、病院スタッフに打ち明けた。

「あの、私はまだ車椅子ですが、母もつらそうなので自分で洗濯しようと思うのですが、どうでしょうか?」

「なるほど。担当作業療法士と相談しましょう」

そして、担当作業療法士が、私が安全に洗濯ルームに行くことができるかを見てくださった。洗濯物は膝上に乗せ移動、洗濯機前で車椅子にブレーキをきちんとかけ、左手でお金を入れ、洗濯物と洗剤を入れる、一連の動作ができるかを確認してくださった。

「宮武さん、何とか大丈夫そうですね」

と言ってくれたので、私は、

「ありがとうございます。もう、自分で洗濯します。母にも病院に来てもらわなくていいので」と言った。


次の日、母に電話をした。

「あ、お母さん？　洗濯ね、もう自分でするから」

「え？　大丈夫なの？」

「うん、昨日同じ階の車椅子の患者さんも洗濯していてね。私もできると思って。病院の人からも大丈夫って言われたし。だから、もう来なくていいよ。寒いし、タクシー代も勿体ないしさ」と言うと、

「そう？　じゃあ、そうするわ。洗濯代もかかるけど小銭あるの？」

と母は言った。

「ああ、大丈夫」

と答え、電話を切った。

母親はいくつになっても母親なんだなぁと思い、そんなことを言わせる自分が恥ずかしくなった。


リハビリに加えて洗濯という活動が増え、入院生活は忙しくなった。

リハビリの空き時間に洗濯機が空いているとは限らない。何だかんだで夕食後、就寝前ギリギリの時間で洗濯ルームに行く日もあった。そういう日は、就寝時間過ぎに、暗がりの中ベッドの上で洗濯物をたたんだ。


『一か月、母に負担をかけたな』

と思いながら、左手だけで不揃いに洗濯物をたたんだ。綺麗にたためなくても、少し自立を感じられ、前向きな気持ちになれた。自力で歩くことが目標とはいえ、洗濯の相棒としては、車椅子の存在はありがたかった。

この頃、右手はほぼ動かなかったので、書類など何かを書く時は左手で書いていた。

元々、半分左利きだったので、ゆっくりなら字を書けた。でも、右手で書くことのできないもどかしさを感じてはいた。

足のリハビリは順調だったが、手の方は様々な問題が出てきた。

一番は、痛みだ。

これは、患者によって様々なようだが、私は、肩の痛みに苦しんでいた。痛みはリハビリを遅らせてしまう。私の肩は担当の作業療法士に随分と苦労をかけた。

一時期は痛みから肩関節を動かせず、ホットパックの処方が出て、肩をホットパックで温めてそれから少しずつ少しずつ、ストレッチしていただく、といった状態で先が見えなかった。時折、肩関節がバキバキという音（クリック音）がして激痛に苦しんだ。

それでも、病院のスタッフのみなさんが一生懸命してくださるので、心くじけることなく毎日頑張ってリハビリに取り組み、日々を過ごした。

ある時、痛みに苦しむ私は、

「痛み止めなどは飲まれていますか？」

と聞かれた。

「いいえ、飲んでいません」

と答えると、

「以前、同じような症状の患者さんが痛み止めを飲まれていたので、先生に相談されては？」

と言ってくださった。

確かに、痛みがあるとリハビリでも思うように肩も手も動かすことができない。特に肩の痛みはひどく、これはなかなかどれぐらい痛いかなど、分かってもらえない痛みだと思う。

まず、右上肢そのものがダンベルのような重さに感じ、その重みで肩から右上肢がもぎとられるのではないか、と思うほどだ。

2月下旬、早速、担当の先生にご相談し、薬を処方していただいたのだ。

薬を飲み、驚いた。多少の痛みはあるものの、痛みは劇的に軽くなり、作業療法のリハビリに、さらに意欲的に取り組めるようになった。

バックニー

2月に入り、杖を使いながら少しずつ歩ける距離も伸びてきた。療法士に、靴に万歩計をつけていただいた。毎日何歩くらい歩いているか、また、それに伴う足の疲労度合いを確認してもらうためだ。


平行棒の中では入院当初に比べたら、スムーズに歩くことができていたが、ある日のリハビリで平行棒の中を歩いていると、

「ちょっと膝が後ろに入っていますね」

と療法士に言われた。

「え？　どういうことですか？」

療法士は、ご自分の足でその状態がどうなっているか、教えてくれた。私は安全に歩くために、無意識に足が棒のように真っ直ぐ、膝はやや後ろに反っていた。

バックニー……膝が後ろに反っている状態だったのだ。

歩くことができるようになったのはよかったが、このバックニーの癖はなかなか直らなかった。膝を柔らかく使いたい、頭では分かっているのだが、何せ歩き方を忘れた右半身なので、しばらくこの癖とは格闘した。

ある日、1か月に1度の院長回診があり、私の病室にも院長先生が来られた。

一人一人の患者に対して、院長先生にスタッフから説明があり、私の容態も説明された。スタッフに、少し歩くよう指示され、私は杖をつき歩いた。

「だいぶよくなりましたね、何か困っていることはありませんか？」

と、院長先生に聞かれた。

他の患者さんは、あまり何も言わなかったが、私は、

「膝が後ろに反る癖が、なかなか取れないのです」

と言ってみた。

病室がピリッとした空気になった。白い巨塔のような回診ではないが、院長先生はじめ、療法士が複数名いらっしゃったので、病室は人でいっぱいだった。

私は内心、

『あれ？　何かマズいこと言ったかな』

と思っていると、担当療法士が、

「リハビリを凄く頑張っていただいているのですが、歩行時にバックニーになりやすいです」

と言ってくれた。

院長先生は、踵《かかと》と地面の間に少し角度のある木片を挟んで立つ、という練習をリハビリで行うよう、アドバイスしてくださった。


次の日から、平行棒の中で、角度がわずかについた四角錐状の板を、靴を履いた踵の下に挟み、車椅子から立ち上がりをしてみた。

物理的に、膝は後ろに反ることはできなかった。

その練習を何度か繰り返し、膝を意識することで、バックニーを起こすことは激減した。しかし油断をすると、歩くことを覚えたての右足は、安全策を取ろうと膝を反らせて歩くので、リハビリ中は膝を意識して歩いた。

リハビリは奥が深い、そして凄い

1月に比べ、自分自身でもリハビリを通して体の機能が少しずつ回復していくのを感じるようになった。麻痺している右半身の声なき声を聞きながら、毎日を過ごすようにもなった。

リハビリを経験する中で、印象深かったことをいくつか、ご紹介したい。

理学療法、作業療法、どちらのリハビリにも様々な方法や器具、道具があった。脳出血で倒れ、リハビリを受けることがなければ、知ることのない世界であることは言うまでもない。療法士の方々は、一人一人の患者の状態に合わせてリハビリメニューを考え、患者に寄り添い、リハビリを行ってくださる。そして頻繁に血圧も測定し、私の状態も確認してリハビリをしてくれた。本当に感謝しかない。真面目にリハビリに取り組む私だったが、時折、笑えるというか、心の中で、漫才でいうとツッコミをしたくなることがあった。

作業療法のリハビリで、道具に関して思ったことだ。

肩の痛みも和らいできた私は、机上でのリハビリも行っていた。机上では麻痺を起こしている右手で、様々な道具を使い、右手全体、指を動かす運動をしていた。ある日、リハビリ用のひとかたまりの粘土を渡され、ピザ生地大まで伸ばすように言われた。左手で触ると柔らかい粘土だったが、右手で伸ばそうとすると固く感じた。手のひらや指先を使って、決められた大きさまで伸ばし、また塊に戻す。それを何回か繰り返し、スムーズに行えるようになったある日、

「じゃあ、次の粘土に行きましょうか！」

「？」

私が必死に格闘していた粘土は、ゲームで言えばレベル1の粘土で、リハビリアイテムとしての粘土は、まだ格上の粘土達（固さが増していく）が控えていたのだ！

笑うしかない。ただ、こうして手や指は鍛えられていった。


日常生活で使う道具も、リハビリでは使用する。

大きなリングに洗濯ばさみが十数個留められている。それを右手で掴んではずし、またリングに留める。このリハビリでは、洗濯ばさみを最初はなかなか掴めず、掴んだと思った瞬間「パチン」と音を立て、洗濯ばさみは空中で放物線を描き、フロアに落ちた。

「すみません」

と、私が言うと、

「あ、大丈夫ですよ」

と、療法士が拾って持って来てくれる。

倒れる前は簡単にできていたことができない。親指と人さし指が思うように動かない。手は、足よりもたくさんの細かな神経や筋肉から成り立っていることを思い知らされた。初回の洗濯ばさみのリハビリの悔しさが、夕食後も脳裏から離れなかった。

『何か策はないか？』

思考を巡らせた私は、足のリハビリからもヒントを受け、自分なりの右手親指、人さし指の筋力トレーニングを編み出した。

「オッケー」という時にするポーズを取り、左手で右手の親指と人さし指を全力で離そうとし、右手の指は全力で抵抗する、というものだ。夜、ベッドの上でひたすら自作のリハビリを行った。（※皆様はくれぐれも、万が一リハビリを受けるようなことが起こった場合、病院の先生や療法士の方々とご相談してください）

私の場合、自作のリハビリが功を奏したのか、洗濯ばさみのつけ外しを早くクリアすることができた。達成感と嬉しさに包まれた瞬間、療法士が、

「意外と早くクリアしましたね。次の洗濯ばさみ行きましょうか」

「え？　ははは、次の洗濯ばさみ、あるのですね」

別の色の洗濯ばさみが控えていた。最初の洗濯ばさみよりバネが強い！

バージョンアップするリハビリ道具が、本当にゲームの敵のようだった。

『そっちがレベルアップするなら、こっちも倒す策を考えるよ』

心の中でつぶやき、この瞬間、ふと思った。

倒れて間もない時、全く動かなかった右半身が動きを取り戻そうとし、ゆっくりながらも動こうとしていることを。

食事もリハビリ

入院当初から左手で箸を使って食事をすることができていたので、右手を食事中に動かすことがなかった。

ある時、作業療法士が来られて、

「左手で上手に食事できるのはよいのですが、右手のリハビリになりませんね。この箸を使っておかず一品でよいので右手で食事をしましょう」

そう言って、リハビリ用のバネ箸を渡された。

「はい、分かりました」

バネ箸を右手で握ってみる。普通の箸に比べたら箸で食べ物を掴む動作はしやすいが、果たして上手く食べられるか？

次の食事から普通の箸とバネ箸の両方が用意された。おかずを見て一番トライしやすいものから右手で食べてみた。何とか食べられるが圧倒的にスピードが遅い。食べ物を掴みそこなうこともしばしば。それでも毎食一品を選び、右手でバネ箸を握り挑む。食事の度に、どの料理なら右手で食べやすいか、を意識して食べる。

「右手で食べていますか？」

と、療法士が時々、食事の様子を見に来られる。

「はい、何とか食べています。でも前より食事に時間がかかってスタッフに迷惑をかけています」

「そこは気にされずに」

と言ってくださった。

しかし、気になる。

毎回の食事の際、まず右手で一品完食し、左手で普通の箸を持ち急いで他のおかずやご飯を食べる。

バネ箸（右手用）

食事は楽しみでもあるがリハビリが加わり常に焦ってしまった。

食後は薬も飲まなければならない。

入院当初、スタッフが袋から薬を取り出し、私が飲みやすいように用意してくださっていたが、この頃は左利き用のハサミで薬袋を切り、自分で薬も飲んでいた。

私は、食事ホールに最後まで残ることが多くなった。


すべてがリハビリだ。右手の機能回復のために提案してもらったので、頑張って取り組んだ。食べこぼすこともあったが、不格好でもいい。今の努力が回復につながると信じ、バネ箸を握った。

サッカーボール

右足の大きな筋肉の動きは、日増しによくなっていった。だから、歩行量も上げることができ、自主練習で廊下を歩いたりした。

だが、足首から先の動きは、手と同じく小刻みに揺れる感じが続いた。歩き始めや、何気ない一歩を踏み出す時に、右足のブレが出ていた。

ある日の足のリハビリで、サッカーボールが登場した。

「このサッカーボールをこうやって右足で左右に転がしてみてください」

と、療法士が実演しながら言われた。立位は左足だけだと不安定なので壁際で、左手で壁を触り、バランスを取るようにもアドバイスいただいた。私がバランスを崩した時に備え、療法士は側で見守ってくれている。

「分かりました」

私は簡単だと思っていたが、10回もできず、サッカーボールは右足から離れ、転がっていった。

「あ、すみません」

「いいですよ、もう一度やってください」

私は慎重にサッカーボールを床の上で、右足で左右に転がした。何とか20回できたが、最後の方は、ボールをあまり左右に動かすことができなかった。

その次に、同じように今度はボールを前後に転がしてみる。これは何とかできた。

「毎日やっていくと、右足の細かな感覚を掴めますし、コントロールできるようになります」

と言われた。

サッカーボールをこのようにリハビリで使用することは想像もしていなかった。繰り返し毎日ボールを前後左右に転がしていると、だんだんスムーズにできるようになった。

私はリハビリを受け身で取り組まず、リハビリで回復を目指しつつ、自分の体を自分が一番理解しようと思った。そして、リハビリを自分なりにも学ぼうと考えていたので、毎日のリハビリ中、療法士の方々にかなり質問した。筋肉や神経の構造などのマニアックな質問をしていた。ちょっと変わった患者だったかもしれない。

体は水を吸収するスポンジのように、新たなリハビリメニューなども、積極的に受け入れていた。

リハビリはきつく、時には苦しいこともある。だが、1日の成果はわずかでも、日々のリハビリの積み重ねが、確実に何らかの成果につながっていく。

リハビリはつらいものだが、目線を変えて自分が自分のトレーナーだと思い、積極的にリハビリに取り組む、攻めの姿勢が回復への近道だと、私は考えた。

病気によっては後遺症も様々なので一概には言えないが、倒れてすぐに、いち早くリハビリと出会い取り組むことができたのは、私にとって大きな意味のあることだった。

リハビリに頑張って取り組むことは大事である。それと同じくらいに、自分が自分の体にダメ出しをせず、できていることを認めることも大切なのでは、と強く感じた。

残念ながら、倒れる前にこのような考え方はできていなかった……

今思えば、幼い頃から、自分の力が10あるとしたら、無意識か意識してなのか12いや20の力を無理して出そうとする性質だった。そして大学卒業後、社会人になってから、この性質に拍車がかかっていく。同期や上司が異性だったこともあり、

『男の人に負けたくない。私はもっとできるはず』

と考えることも少なくなかった。

睡眠や休日も削って、自宅にも仕事を持ち帰り行っていた。

40歳で退職後、再就職した会社でも、同じように、自分を鼓舞しながら仕事に邁進した。生活の8割、頭の9割は仕事に支配されていた。

どんなに無理をしても、自分に負荷をかけても、自分の体は無敵だ、と変な自信を持っていた。だが、たまにヘルペスが顔にできて、熱を出すことがあった。それでも、仕事のせいではなく、

『弱い体の自分が悪いのだ。もっと強くいられるはず』

そんなことさえ考えていた。

仕事で忙殺される日々の中で、自分の体にダメ出しをし、体に鞭《むち》を打つように過ごしていた。

私は、リハビリを通して、自分の体に対し深く詫び、

『今まで無理させたね』

と思うようになっていた。

階段練習

リハビリ室のフラットな床は、療法士に見守っていただきながら、杖を使ってゆっくりと歩くことができるようになっていた。一時帰宅を控えていたこともあり、階段練習を行うことに。

リハビリ室には練習用の小さな階段があった。手摺がついており、階段は2、3段だ。片方は段差が低く、もう一方は若干、段差が高い。

「階段ですが、行きはよいよい、帰りはこわい、と覚えてくださいね」

「通りゃんせ、の歌ですか？」

「歌はそうですね。階段を上る時は麻痺していない左足から、降りる時は麻痺している右足から、を覚えてもらいたいので」

「はい、分かりました」


手摺がついていて3段の階段、療法士もついてくださっているが、最初は怖かった。ただ、上りは意外とすぐにできた。降りる方が恐怖だった。

麻痺している足を先に動かすことの恐怖だ。

なぜ、麻痺している足を先に降ろさなければならないのか……

何回か練習していると、答えに気付いた。

降りる時に麻痺している足からというのは不安に感じるが、麻痺していない左足が、しっかりと地に足をつけ安定を保っている。

不安定な右足に、左足が、

『自分が後ろにいるので大丈夫ですよ』

と言っているようだった。

そして上りは、左足が力強く一歩踏み出し、

『先に上がりますから、安心してついて来てください』

と自信を持って、右足に言っている。

何度も練習していく中で、両足のコンビネーションは向上していった。

一時帰宅前に階段練習ができたことは、大変ありがたかった。

それは、自宅の私の部屋が2階にあったからだ。


階段練習は、その後のリハビリでも頻繁に行った。リハビリ室の小さな階段から、病院内の手摺付き階段でも行うようになった。

練習中に他の患者とすれ違う。皆さん懸命に階段の昇降に取り組まれていた。

『みんな頑張っている。自分も頑張ろう』

練習は地道だ。

練習の積み重ねが回復への近道だ。

その確信を持ちながら、震える右足をコントロールしていた。

一時帰宅

2月上旬、一時帰宅の許可が出た。

倒れて以来、着の身着のままで入院していたので、必要最小限のもので入院生活を送っていた。もちろん、着替えや必要なものは母やKさんに持って来てもらっていたが、入院生活に慣れた私には、さらに必要なものが出てきた。

許可が出たといっても、一人で一時帰宅することはできない。付き添いが必要で、付き添い人に病院の書類を記入してもらい、病院に戻った時にも、昼食後に飲んだ薬の空袋も提出しなければならないらしい。

一時帰宅の日、朝食を済ませ10時に病院を出発した。買い物リストをつくっていたので、量販店でシャンプーやリンスなどの他、今後の入院生活で必要と思われる品物を購入した。

昼食は、久しぶりにお気に入りのパンを買った。何しろ一時帰宅の時間は限られているので、時間との勝負だ。自宅の玄関のドアの前で私は、自分の家なのに他人様の家のような、少し違和感を覚えながら入った。

軽い昼食を済ませ、自分の部屋に入った。

部屋は、主である私の突然の帰宅に驚いている感じだった。

そして、その空間は私が倒れた時で止まっているかのようだった。

まだ寒い中、私は窓を開け、部屋に新しい空気を入れた。

止まった時間が、動き出した。


夕方16時には、病院に戻らないといけないので、時間を逆算しながら行動した。リハビリ用にありったけのスポーツウェアをバッグに入れ、化粧道具やヘアアイロンなど、少し自分を取り戻すための物も持っていくことにした。まだ入院生活は続く。自分が心から欲する物は持っていこう。そう思い、荷造りをした。部屋の窓を閉めて、

『もうしばらく、戻って来られないけれど』

と、部屋に対して心の中でつぶやいた。


あっという間に病院に戻る時間が迫った。病院に着くと、

「お帰りなさい」

とスタッフが声を掛けてくださった。そして、

「薬の空袋ありますか?」

と言われたので、

「あ、ありますす」

と答え、空袋を渡した。

部屋に戻ると、同室の方々が、

「お帰りなさい」

と言ってくれた。その一言が、緊張していた心をほぐしてくれた。今の私は、自宅より病院の病室の方が安心できる空間なのだ。体と心が、そう言っていた。

持ってきた荷物をクローゼットに入れ、整理した。

お気に入りの物が仲間入りし、少し気持ちは前向きになっていった。

入院生活に寄り添う音楽

一時帰宅した時にスマホのイヤホンをバッグに入れ、病院に戻った。病院でテレビを観るためのイヤホンは片耳用である。入院生活を送る上でイヤホンが片耳である必要性、意味は納得できていた。スタッフからの連絡や同室の患者との会話など、片方の耳がフリーでいることは大切だった。だが、そのイヤホンはスマホに接続できないので、ずっと好きな音楽を聴きたくてたまらなかった。ようやくスマホのイヤホンを手に、消灯時間ベッドで音楽を聴いた。

スマホの中には邦楽、洋楽など、こだわりなく好きなアーティストや聴いてみて「いいな」と思った曲をダウンロードしていた。その中からビリー・ジョエルのアルバムを選んだ。学生時代、一番よく聴いた洋楽はビリー・ジョエルだった。


暗闇の病室にビリー・ジョエルの声が耳に心地よく響く。

「シーズ・オールウェイズ・ア・ウーマン」

伸びやかなビリーの声、優しいピアノの音色。

静寂の夜、豊かな気持ちになり、心は穏やかになった。

車の中や自宅には多くの曲があるが、当時スマホの中には限られた曲しかなかった。それでも、様々な場面で音楽に救われた。リハビリがうまくできなかった時、考え事をしたい時、今後の不安を拭い去りたい時、それぞれの気持ちに合わせて曲を選び聴いた。ロビーから見ていた夕焼け。音楽が側にあると特別な光景に感じた。

今は便利な時代で、入院中も気に入った曲を購入しダウンロードして楽しんだ。ただ何故か、この時私の好きなエレファントカシマシの曲はスマホの中にはなかった。

よく療法士・看護師や患者に「何を聴いているの?」と聞かれた。アーティストや曲名を答えると「いろいろ聴くのね!」と言われた。

音楽は昔から好きだった。中学生の時、初めてお小遣いを貯めて買ったレコードがヴァン・ヘイレンの『１９８４』だ。大切に抱え帰宅し、レコードに針を落とした。流れてきたイントロに衝撃を受けたことは鮮明に覚えている。幼い頃は歌謡曲、中学・高校の頃は洋楽、大学以降は「いいな」と思う曲は何でも聴いた。学生時代に絵を描いていた頃、電車やバスで通学していた頃、運転免許を取り、初めて買った車で通勤し出した頃……

振り返ると、音楽は常に寄り添ってくれていたことに気付く。

就寝時間、リハビリの合間に、少しゆっくり過ごしたい時などには、極力音楽を聴いた。本当に心が癒された。芸術は絵画や彫刻、舞台など様々あるが、音楽が一番、場所や環境を選ばず触れることができると思う。音楽を聴くことができるようになり、心が豊かになった。当たり前に毎日聴いていた音楽を取り戻したことが、倒れる前の自分を少しずつではあるものの取り戻している実感をくれた。

化粧をする

一時帰宅した翌日、起床した後に化粧をしてみた。

今まで、入浴後や朝に、化粧水だけはつけていた。その化粧水は、肌が弱い私のためにKさんに買って来ていただいたものだった。

倒れて2か月振りの化粧。

化粧水をつけ、乳液をつけ、下地クリーム、ファンデーションを、左手で顔につけてみる。

何とかベースが完了したが、問題はここからだ。

手入れもできていなかったボサボサの眉カットをしたが、思うようにいかなかった。それでもアイブロウで眉を描いた。利き手の右手と違い、逆の動きをしなければいけないので難しい。

時間はかかったが何とか終わり、唇に薄ピンクのグロスを塗った。他の患者さんに迷惑をかけないよう、匂いもほぼない最低限のメイクを心掛けた。

鏡を覗き込んで2か月振りに自分を取り戻した感覚がした。

女性は化粧をすると変わるというが、確かにノーメイクで過ごした昨日までとは、気分が明らかに違うのを感じる。

看護師が朝の検温に来られて、

「宮武さん、お化粧されていますね！　眉、左手で描かれたのですか？」

「あ、はい」

「すごい！　私だったら絶対にできないです」

「あ、ありがとうございます」

この時、褒められたことは嬉しかったが、今の私には、いや恐らくこれからも動く左手しか残っていないので、片手で化粧をすることは当たり前だと思った。

もちろん、看護師に悪気がなく純粋に褒めてくれたのは分かっている。誰しもきっと片麻痺になったら、利き手が麻痺したら、片手で身だしなみを整えると思う。心の中で、

『こうやって生きていくしかないのですよ』

とつぶやいた。

髪の毛も、ずっとブラシで手入れするだけで、どんなに寝癖がついても直すことが

できなかったが、この日は倒れて以来、髪にミストを振りヘアアイロンをかけた。火傷をしないよう、恐る恐る左手でヘアアイロンと格闘し、何とか寝癖を直した。

些細なことだが、身だしなみを整えられたことで、少し自信を取り戻した。

リハビリ室に行くと療法士がすぐに化粧をしていることに気付いてくださり、声を掛けていただいた。

「お化粧されたのですね！」

「はい、してもしなくてもあまり変わらないのですけどね（笑）」

「そんなことないですよ！　いいじゃないですか！」

と言っていただき、ありがたくもあり、少々気恥ずかしさもあった。

不思議だが、化粧や髪の毛のスタイリングなどは、気持ちに張りを与えてくれた。

今まではリハビリや治療で頭がいっぱいだったが、倒れる前の私にほんの少しだけ戻れた気がした。

見舞いは断っていた

入院当初から、ありがたいことにお見舞いの申し出を複数いただいていた。気持ちは本当にありがたかったが、私はすべてのお見舞いをお断りしていた。

理由はいくつかあった。

皆さんに忙しい中で、気を遣ってもらいたくないというのもあるが、本当は、『今の自分の姿を見せたくない』ということが一番の理由だった。

日々、リハビリをする中で少しずつ回復していたものの、倒れる前の私に戻った訳でもなく、恐らく戻れないだろう、と思っていた。お見舞いに来てくださる方々は私に対して、会話の言葉を慎重に選ばざるを得ない、そう思うと、人に会いたくない気持ちの方が強かった。

体がどうあれ私は私なので、別に悲観することはなかった。ただ、リハビリに集中したかった。この感情は、自己中心的なのかもしれない、いや多分そうだ。当時の私の精神状態は、自分を保つのにここが限界点で、それをふまえての選択だった。

そういうことで、お見舞いを断っていたのだが、唯一、毎日のように病室に来てくれる人がいた。倒れた時に一緒にいて、私の命を救ってくれたKさんだ。

Kさんは、職場の同僚でもあるが、それ以前から知り合いでもあった。

私より一回りも年下だが、とても頼りになる、そんな人だ。

彼女は、忙しい年度末業務の中、退社後ほぼ毎日病院に来てくれた。仕事上の報告もあったが、毎日来てくれることで、私に『社会復帰をしなければ』と強く思わせてくれた。年度末の忙しい業務を任せて彼女に負担をかけている、とも思った……

彼女は私の母のことも気遣ってくれ、私の病室に来る前に、足が弱い母のために食材を買って、母と夕食を共にしてくれていた。

申し訳ない、と思うのと同時に感謝の気持ちでいっぱいだった。ある意味、外界から閉ざされた病室にいる私は、彼女と会う度に、

『必ず回復して、仕事復帰しなければ』

と、日に日に思うようになった。

外歩き

理学療法（足のリハビリ）は、順調に進み、外歩きのリハビリが始まった。

2月中旬、外はまだ寒い。暖かい上着を着て、指定された病院1階のエレベーター前で待っていると、

「お待たせしました。行きましょう」

と療法士が案内してくれた。

病院の外を歩いて出るのは、入院以来初めてで少し緊張していると、同じように外歩きされている患者と療法士とすれ違った。軽く会釈して、歩き始めた。初日は病院の敷地内を歩いていたが、安定した後、病院の外を歩くことになった。

病院内のバリアフリーの床と違い、比較的なだらかなアスファルトの道もでこぼこに感じた。倒れる前はそんなことを思いもしなかった。雀や鳩が歩いているのに目が行く。道端に咲いている花にも目がいく。車や人が行き交う中、病院外での人々の生活の気配を感じながら歩いた。

病院外の外歩き初日は、20分の短いコースで終了。

コースはいくつかあるようで、外歩きを始めて最終的には40分の長いコースを歩くようになった。

療法士は、常に安全に注意を払ってくださり、私は安心して歩くことができた。坂道も歩き、でこぼこしたアスファルトも歩いた。坂道は上りの方が歩きやすく、どんなに傾斜が緩やかでも下りは怖かった。杖はあるがバランスを取りづらかった。歩幅を狭めて慎重に歩く。どうしても視線が下を向きがちになるが、杖を突く路面に気を付けながら、真っ直ぐ前を向くようアドバイスをもらった。

そういえば、倒れる前も、登山をした時に、下りで右足を激しく捻挫したことが二度ある。

イメージ的に坂は下りが楽に思えるが、要注意だ。

外歩きでは、タイムも計測してくれた。

私は閃いた。

『目標設定よりも速く歩けば、療法士の方も少し余裕ができるかもしれない。そして自分のためにもタイムを上げていこう』

それから、40分コースを30分を切るタイムで歩くようになった。療法士からも、

「速かったですね！」

と言われるようになり、嬉しかった。

学生時代に運動をしていたせいか、外歩きは、やる気に火がつく以外の何物でもないリハビリだった。

それだけでなく、自分が倒れた時を思い返せば、
杖をつきながら、外の空気を吸っている、私はしっかり生きている。

と実感できた。

『私も、病院の外にいる人達と同じ場所に戻るんだ！』

と毎回思い、外を歩いた。

寒かった冬から春に向かっている。そんな風に吹かれながら、私は毎日歩いた。

調理実習

2月の下旬、作業療法（手のリハビリ）の療法士に、

「宮武さん、今日、料理をしませんか？」

と提案された。

「料理ですか？」

「はい、材料が多めにあるので、何かつくりましょう。帰宅された時に調理も必要ですしね」

「あ、分かりました。何をつくりますか？」

と尋ねると、

「今日は、これだけの材料があります。好きなものをつくっていいですよ」

と言われた。


作業療法では、だんだん退院後の生活に向け、様々なリハビリが始まる。調理もそうだが、洗濯物を干し取り込む練習、掃除機をかける練習。皆さんが様々なリハビリに取り組まれていた。

私は、目の前に並べられた材料を見て「回鍋肉《ホイコーロー》」的な料理をつくることにした。「回鍋肉」が特別好きな訳でもなく、「回鍋肉」に特別思い出がある訳でもなかった。材料を見て浮かんだ料理が、「回鍋肉」だった。唯一、思い出があるとすれば、大学時代に時々通っていた中華の定食屋さんでの出来事だ。会話もしたことはない学部の先輩と時々、店で同じ時間帯に食事をすることがあった。その先輩は、回鍋肉定食

を注文する時に、

「回る鍋肉《なべにく》定食、ください！」

と言っていた。恐らく、間違いなく「回鍋肉」の発音を知っていながら、ユーモア混じりに言っていたと思う。店主も分かった感じで、淡々と調理していた。

頭に浮かんだ昔懐かしい記憶に、少し笑いそうになった。


調理を始める。右手が麻痺しているので、左手で包丁を持ち野菜を切ろうとしたが、上手くいかない。右手が小刻みに震え、野菜を支えられないのだ。

「右手で包丁を持っていいですか？」

と言って、私はぎこちない右手で包丁を持ち、左手で野菜を支えた。

手は小刻みに震えるが、この方が何とか野菜を切ることができた。

療法士は見守ってくれながら、メモを取っていた。


野菜、豚肉を切り終え、私は調味料の調合を始めた。調味料が割合揃っていたので、何とか「回鍋肉」的な味付けはできそうだ、と思った。

私は料理が上手いかどうか、他人の評価は分からないが、テレビに出てくる一流料理人の調味風景を記憶していたので、記憶を辿り調味料を調合していった。

そんな私の調理風景、とりわけ調味料の調合を見ていた療法士が
「宮武さん、何か理科の実験みたいですね」

と言った。

「そう見えます？　中華って調味料大事ですよね」

そう言って、作業療法室の棚を物色して、「回鍋肉」風に近づけられる物を選び、小さなボールに入れ混ぜ合わせた。

材料、調味液、すべて揃えた。

何せ、中華料理の炒め物は、一気に手早くが鉄則だ。

フライパンを火にかける。

油を少し入れ、材料を入れ、炒めた。

左手でフライパン返しもできたので、少し中華のコック気分になった。

「宮武さん、左手でよくできますね」

と療法士が言った。

元々、半分左利きの本領を発揮した瞬間だった。

調味液を流し入れ、さらにフライパン返しの技を披露し、料理は完成した。

ちょうど昼食前で、他の患者や療法士の方々の胃袋を刺激する匂い、だったようだ。

「何をつくったのですか？」

と、他の療法士に聞かれたので、

「まあ、回鍋肉的な料理ですかね」

と答えた。

少し味見をしたら、まあまあ予想していた味には出来上がっていた。


調理だけではなく、後片付けまでがリハビリだ。包丁やまな板、使用した食器などをスポンジで洗う。右手は一生懸命に動こうとしていた。

自分の右手が健気に感じた。

倒れた時に全く動かなかった右手が、完全な回復は望めなくとも頑張っている。

心の中で、自分の体に、

『ありがとう』

とつぶやいた。

病室で絵を描く

2月中旬、毎日のように病院に来てくれていたKさんが、

「今年はどうしますか?」

と聞いてくれた。

私はここ数年この時期に、小さいけれど絵を制作していた。

それは、美術館でKさんが主催していた展示会に、作品を出品させてもらっていたからだ。

私もKさんも、大学時代それぞれ美術を学んでいて、Kさんは積極的に制作を行い、展示会を開いていた。

しかし、入院中でもあったのと、右手が使えないこともあり、

「今年はちょっと無理かな」

と答えた。


Kさんが帰った後、しばらく絵のことを考えていた。

『右手が使えないから、絵を描くのは無理なのか、左手だとどうなのだろう……』

消灯時間、暗い部屋のベッドの中で、ずっと考えた。

頭の中にイメージしているものを、左手で描くことはできないのか?

倒れる前の右手より時間がかかっても、やらなければ何も残らない。

でも、イメージしたものが表現できなければ、きついな。

答えの出ないことを考えていると、眠りについていた。

翌朝、目覚めると、頭の中でぐるぐるとまわっていた様々な思考の渦は、不思議と消えていた。

『もう左手しか使えないのだったら、左手でどこまで描けるかやってみよう』

答えは、出てしまっていた。


その日も夕方、Ｋさんは病室に来てくれた。私は
「昨日、無理とか言ったけど、やっぱり描くことにしたよ。左手だからどこまでできるか分からないけど」

と言うと、Ｋさんは
「キャンバス買ってきますね」

と言ってくれた。

「お願いします、Ｆ４で」

と私は頼んだ。

キャンバス、ご存知の方も多いと思うが、Ｆ４は、ハガキ４枚を合わせたサイズだ。

当時の私は、それが最大に感じる大きさだった。

翌々日、Kさんは笑顔でキャンバスを持って来てくれた。何とF6サイズだった。買おうと思ったら、Kさんの自宅にF6サイズがあったとのこと。F4サイズとハガキ2枚分の差だが、

『大きい……』

と思いながら、ありがたく、そのキャンバスをいただいた。

入院中に何を描くか。

元々、昔から風景を描くことが多かった。学生時代、授業では人物や花なども描いていたが、自由に制作する時は風景を描いていた。

しかし、入院中は難しい。窓際のベッドでもなかったので外を見て、というのも現実無理だった。

だが、キャンバスが来る前から『ある風景』が、頭に浮かんでいた。

発想的には単純かもしれないが、入院中というのは人生の小休止で、退院したらどんな状態でも、また人生を歩み出す。それを、今の気持ちを表現するには、駅のホームと線路で表したいと、イメージが浮かんでいた。

構図を考えるために、左手で鉛筆を持ち、スケッチブックに下描きを始めた。右手

の感覚とは違うが、左手は、私が思った以上に頑張って動いていた。

キャンバスにも下描きをした。イーゼルはないので、持参していたプラスチック製の3段棚を壁際に置きキャンバスを立て掛ける。アクリル絵の具を紙パレットに乗せ、絵を描き始めた。

麻痺している右側の肩が下がっていることで、地平線を描くこと、真っ直ぐの線が描きづらい。それでも描き続けた。

もちろん、リハビリが優先なので、リハビリや食事、入浴、洗濯などの隙間時間でしか制作はできない。しかも、当然右手に比べたら圧倒的に素人の左手。

しかし、私は何か別のエネルギーも加わり、描いていた気がする。

麻痺した右手はダラリとしながら、錘《おもり》のように私を引っ張ってくる。

椅子に長時間座ると、体が右に傾くのだ。

それを、たまに左側の体の力を使って懸命に戻し、描き続ける。

何故、ここまでして描くのか、自分でもよく分からなくなっていた。きっと、入院中も『何かに挑戦し成し遂げる自分』でいたかったのだと思う。

病室に花を飾る

2月中旬、親友で看護師のＹｕｋｏさんがお見舞いに来てくれた。彼女は美しいフラワーアレンジメントを持って来てくれ、しばらく病室で話をした。

看護師だからというのもあると思うが、私の右手を握り、回復具合を確認していた。そして、

「思った以上に麻痺が残ってない感じだね。顔の右半分も倒れる前と変化ないからビックリ」

と言ってくれた。

「そう？　いろんな方々のおかげで何とかね」

と答えた。

「凄いよ。右手はしっかり動く感じ。まだまだリハビリでよくなるよ」

とＹｕｋｏさんは励ましてくれた。

彼女がお見舞いでくれた花は、私が元気になるような色使いで、素敵なアレンジメントだった。

彼女が帰った後、しばらく花に癒された。病院は暖かいので、小まめに水をあげていたが、次第に花は弱ってきた。

私は、倒れる前の数年、生け花やフラワーアレンジメントを習った経験があった。花を最後まで楽しもうと、花の水揚げがよくなるように少しずつ茎をカットした。

一本ずつ花をオアシスから抜き、台に花を置く。

茎は台から出るようにして、左手でハサミを握り、茎をカットする。ボールなどがなく花を水切りすることはできなかった。それでも花のバランスを考えながらアレンジを変えていき、いただいた花を最後まで楽しんでいた。

『左手だけでも、花のアレンジできるな』

と、笑顔になれた。

病室に花があると、気持ちが和み癒される。

『この花が枯れたら、どうしようかな』

そう思った時、病院内の売店で切り花を売っていることを思い出した。

私は、車椅子で売店に向かった。

売店には種類は多くなかったが、切り花を売っていた。花を見ていると売店の女性が、

「お花を飾るのですか？」

と聞いてくださったので、

「はい、お見舞いでいただいたアレンジがもうすぐ枯れそうなので、お花を足したいと思いまして」

と答えると、

「お花、いいですよね。アレンジできるって凄いですね！」

と褒めていただき、少し照れくさかった。

私は、ピンクのスイートピーを3本買った。

可愛らしいスイートピーの花は、とてもいい香りがした。

私は、車椅子で膝の上に花を乗せ、病室に戻った。

途中スタッフが、

「お花を買われたのですか？」

と声を掛けてくれたので、

「はい、部屋に飾ります」

と答えた。


部屋に戻り、元々いただいた花にスイートピーを加え、アレンジしてみた。

病室がパーっと明るくなり、スイートピーの香りが心地よかった。

病室は広かったが、隣の患者さんに、

「匂いがきつくないですか？　大丈夫ですか？」

と尋ねると、

「全然！　素敵なお花ね。私も飾っているから気にしないで」

と、おっしゃってくださった。

「ありがとうございます」


その日を境に退院するまで、部屋に花を飾った。自分自身のために始めたことだが、部屋に来てくださる病院スタッフの方々にも喜んでいただけた。

花を飾る行為はリハビリでもあり、心の癒しでもあったことは間違いない。

入院中に、心が求めていることの実践、快適な病室づくりは、順調な回復を促進していたと思う。花を飾ることは一例で、他の入院患者は、好きな写真や絵を飾ったり、お気に入りの縫いぐるみを置いたりしていた。自分が過ごす病室を快適な空間にすることは、入院生活を送る上で大切だと思った。

念願のカフェに行った日

入院してから、ずっと病院敷地内にあるカフェに行きたかった。

もちろん、リハビリを頑張っても、カフェへの道のりは遠かった。

リハビリ室や、病院内から見えるカフェ。

お見舞いの方や、入院患者でご家族の付き添いのある方が、利用されていた。

『あぁ、カフェに行って、温かいカフェオレ飲みたいな』

毎日、思っていた。

私は療法士に、

「カフェに一人で行く許可って、かなり難しいですか？」

と尋ねた。

「そうですね、敷地内自立の許可が出てからしか無理ですね」

と言われた。

転院してからすぐ、いつもことあるごとに質問する私に、療法士が、

「カフェに行きたいですか？」

と、言ったので

「そうですね、倒れる前までよくコーヒーやカフェオレを飲んでいたので、行きたいですね」

「そうですか、カフェまでの道のりはまだまだですよ」

と言われたので、

「そうですよね、すみません。リハビリ頑張ります」

と答えた。


リハビリが終わり、病室に戻る時に見えたカフェを見て、

『私というゲームの主人公の病院内のゴールを、カフェにしよう』

と、心に決めた。

端から見れば、少し滑稽かもしれない。

しかし、倒れる前に当たり前のように行っていたスタバなどのカフェでコーヒーを飲む行為が、今は実現不可能な遠い過去であり、望んでも無理な現状に、あらためて自分が大変な状況であることを再確認し、社会から孤立した気持ちになった。

だから、自分を取り戻すためには、病院内のカフェに行き、一人で温かいコーヒーかカフェオレを飲むことは重要であり、私はカフェにいる自分を想像した。

そして、リハビリのモチベーションとして、カフェに行けるように敷地内自立を目

標とした。

いつも療法士に、リハビリ中になりたい自分のイメージを伝えていた。

「あの、私、入院中最終的にはカフェに一人で行くことをゴールにしたいですね」

と話すと、

「分かりました。目標を達成できるよう頑張りましょう」

2月下旬、敷地内自立（T杖歩行）を許可された。その時に、

「あの、敷地内自立ということは、私、カフェに行っていいんですか？」

と尋ねると
「はい、大丈夫ですよ。お行きください」

と療法士は、笑顔で言ってくださった。

「念願のカフェですね。ケーキとかありますが、飲み物だけにしてくださいね」

「もちろんです。ありがとうございます。午後から行ってきます！」

私は昼食後、リハビリの合間を縫って、お財布とスマホを上着のポケットに入れ、杖で慎重に敷地内にある屋外のカフェを目指した。店内に入ると、幸い人も少なく、

席に座り、ホットのカフェオレを頼んだ。ブラックのコーヒーと迷ったが、無意識にカフェオレを注文した。

しばらく、窓の外を見ていた。

リハビリ室も見える。

転院してから、ずっと来たかったカフェに今、私はいる。

そのことだけで、泣けてくる気分だった。

「お待たせしました、ホットのカフェオレです」

店員さんが、テーブルにカフェオレを置いてくれた。

白のコーヒーカップに温かいカフェオレが入っている。

温かい……そして久しぶりに嗅ぐ匂いだ。

香りを嗅いで、思わずスマホで写真を撮った。

「いただきます」

小声で言って、一口飲んだ。

『あぁ、美味しい』

2か月以上振りで、倒れる前の日常が少しだけ、私のそばにやってきた。

一口、また一口飲む度に、涙が出そうになりつつ、ここに来ることを目標にリハビリを頑張ることができた自分を心の中で褒めた。

カフェを後にして、また病棟に戻った。

その日の最後のリハビリで療法士から、

「どうでしたか？」

と聞かれたので、

「ゲームの主人公としては、一旦ゴールした感じですね。カフェオレ美味しかったです」

と答えた。

「よかったですね」

と療法士は、言ってくださった。


入院して2か月が終わろうとしている。

私は、次なる目標を考えなければならない、と思うようになった。

運動能力テスト

入院中にリハビリに励むことはもちろんだが、自分の体と健康にしっかり向き合うことにも意識を注いでいた。

倒れる前、決して痩せているとは言えなかった。多少、筋肉質なので見た目は太っているという印象は、周りの人にはなかったようで、実際の体重を言うと驚かれたりもした。

入院中にリハビリに励み、体の機能回復に励むと共に、自分の身長に対しての適正体重まで減量することも目標にした。

脳出血で倒れたが、特に他に持病はなかったので、1日の摂取カロリーは1800kcalに設定された食事が提供された。

それ以外は一切、間食も禁止だ。

病院では週に一度、体重測定がある。

私は規則通り間食もせず、リハビリに励んでいたが、一向に体重が落ちなかった。

入院生活が1か月過ぎた頃、1800㎉の食事も多く感じ、何しろ痩せないので、病院の担当者に

「あの、痩せないので食事のカロリーを落としていただけますか?」

と頼んだ。

「これからリハビリで運動も増えますが、大丈夫ですか?」

と言われたが、

「全然痩せないので、お願いします」

と懇願した。

すると次の日から1600㎉の食事に変わり、200㎉下げてもらうことができた。そして便秘解消のため、売店で売っているヨーグルトとノンシュガーの冷たいカフェオレを買い、飲食したい旨を担当の医師にお願いした。

便秘解消のための薬は、できれば飲みたくなかった。なるべく倒れる前の食生活に近づけ、体を自然な状態に持っていきたかった。

ありがたいことに、先生は許可を出してくださり、私は食事の摂取カロリーを落とすことができ、ヨーグルトとカフェオレという要望まで聞き入れてくださった。

『これで順調に体重は落ちるはず』

と確信した。

ところが、不思議なことに『そうは問屋が卸さない』状態が続いた。

リハビリはしっかり運動も始まり、入浴や洗濯など活動量も多いのに、一向に体重は落ちない。看護師含め、スタッフのみなさんも不思議そうにしていた。

私はある日、リハビリの最中、療法士に
「食事ですけど、あと200㎉落としていいですか？」

と聞いてみた。

「え⁉　1400㎉になりますよ、大丈夫ですか？」

「いやー、全然痩せないからですね……カロリー足りなかったら、私の肉が燃焼しますよ（笑）」

と言った。


この提案には、先生や他のスタッフも心配した。

今後のリハビリに支障が出るかもしれない、と。

「もし、支障があれば、またカロリー戻してください」

私はそうお願いし、とうとう1日1400㎉というストイックな生活に入った。

そうしたら緩やかに体重は落ちたが、思ったほどの落ち方はしなかった。

ある日、リハビリ中に理学療法士に、体重が落ちないことの悩みを話すと、
「運動能力テスト、受けてみますか？」
と提案してくれた。
「そんなのがあるのですか？　是非、受けさせてください！」
と言った。

そのテストは、幅広く運動機能を測定するもので、私は比較的に年齢が若い（？）ということと、摂取カロリーを落としても体重が落ちないことを理由に、受けさせてもらうことになった。

テストの内容は多岐にわたるので、内容を事細かに書くことは割愛させてもらうが、一番凄いと思ったテストがある。

それは、ガスマスクみたいなものを装着し、バイクを限界まで漕ぐという、医師も同席するテストだった。

一度マスクを装着すると話すことはできないので、きついかきつくないか、療法士が指さすシートに、目で合図し、頷く。

テストが始まった。

なかなかの緊張感の中、バイクを漕ぐ。

心拍数、脈も上昇していく。

『結構、いけるな』

そう思った時、担当医師からドクターストップがかかった。

これ以上は危険、という数値になったようだった。

負けず嫌いな私は、

『まだまだいける』

と思ったが、ここは従わざるを得ない。


マスクを外してもらうと大袈裟だが、宇宙から地球に戻った気分だった（宇宙に行ったこともないのだが）。

「今日は、これで終わりです」

と療法士に言われた。

後日、他にも筋力テストなどを受け、運動能力テストは終了した。

『どんな結果が来るかな?』

と待っていたら、数日後結果が出て説明を受けた。

筋力や運動機能としては、麻痺はあるものの特に問題はなかったそうだ。

では、何故痩せないのか?

「宮武さん、代謝が悪いですね」

『代謝？』

「あのー、どうすれば痩せますかね？」

と尋ねると、

「筋肉をつけて代謝を上げましょう！」

と明るく言われた。

『こりゃ、スポーツ選手みたいだな』

と思い、苦笑いした。


痩せない根本原因が分かり、ほっとした。

『よし、１４００kcal摂取で、リハビリ中の筋トレで筋肉をつけ、代謝を上げよう』

と決意した。

病院スタッフの方々が、私を心配してくれる。

「大丈夫ですか？　リハビリがきつくなっていませんか？」

「貧血とかの症状ありませんか？」

「ありがとうございます。大丈夫です」

と答えた。

構ってあげることができていなかった体に向き合い、障害を負っても自分の体の内側の声を聞き、もう一度、自分自身を再構築するんだ、と強く思った。

入院中に普通は、なかなか受けることができない運動能力テストが受けられ、自分の体に向き合えたことは、貴重な体験だった。

その貴重な体験をさせてくださった病院の方々に、感謝の気持ちでいっぱいだった。

一時外泊

私は2月初旬の一時帰宅が特に問題なかったので、退院前の一時外泊許可が出た。

2週間振りに家に戻った。

前回とは違い、自宅の部屋に入ると、主が、もうじき帰って来るのを知っている雰囲気だった。

退院に向けて、病室で使わなくなっていた物を持ち帰っていたので、部屋でそれらを直した。

昼食、夕食を母と共に済ませ、シャワー浴も済ませた。元々、母の膝の状態が悪くなった数年前に、シャワー用の椅子（介護保険適用商品）を定価で購入していたので、病院と変わらない環境で、安心してシャワーを浴びることができた。

脱衣場では転倒しないように注意を払い、着替えを済ませて、

「病院と同じリズムで過ごすから、早めに部屋で休むね」

母にそう言って、自分の部屋に行った。

ベッドに横たわる。

病院とは違い、ベッドガードはないので、ベッドから落ちないように気を付けなければならない。しかし、落ちるほど寝相も悪くはないので、私は布団を被った。

テレビをつけたものの、何となく落ち着かない。

テレビを消して、スマホで音楽を聴いた。病院とは違いイヤホンをつけず、適度な音量で聴いてみた。そのうち眠くなってきたが、この2か月ほどの入院で、自宅より病院の方が落ち着くことに気付く。入院すると、早く自宅に帰りたい人が多いかもしれないが、私は大部屋の病室に戻りたい、と思うほど、自宅にいるのが心細かった。

そんなことを考えていたら、いつの間にか眠りにつき、朝を迎えた。

病院と同じように、自分の部屋で血圧を測った。正常値だ。

階段を一段ずつ、ゆっくりと降り、洗面を済ませ、朝食を食べた。

パンとコーヒーという簡単な朝食だ。しかし、これが倒れる前の日常だった。

病院でも、朝食はパン食を選んだが、パンの他にバランスよく野菜や肉類などのたんぱく質、果物などが提供されている。

『退院してから、バランスのよい食事を取らねば』

と思いながら、パンをかじり、コーヒーを飲み干した。

すぐに時間は過ぎる。

自宅で昼食まで済ませ、病院に戻った。

病棟に戻ると、

「お帰りなさい。薬の袋もらえますか?」

と看護師に言われた。

一時帰宅の時と同様、前日の昼食後の薬の空袋から今日の昼食後の空袋まで、すべて提出しなければならない。

「ご自宅はどうでした? やっぱり、ほっとできたでしょう?」

「まあ、でも病院の方が落ち着きます」

と答えると、少し驚かれた。

「何か困ったことでも？」

「いや、そうではないです。病院の方が、安心感があると言いますか……」

そう言って、私は病室に戻った。

同部屋の患者さん達の、

「お帰りなさい」

が、本当に嬉しかった。もはや、２か月しかいない病院が心身共に、私の安心の場所になっていた。

二月の追憶

①洗濯

２月初旬から自分で洗濯を始めた。当初は車椅子で洗濯ルームに行っていた。車椅子が車代わりと言ったら語弊があるが、洗濯物や洗剤が重くても無理なく洗濯に行くことができた。

ナイキの斜め掛けスポーツバッグと、１００均のナイロン製袋、２つに洗濯物を入れ、洗濯ルームに行く。

2月中旬、私は療法士から、

「そろそろ車椅子、卒業しましょうか？」

と言われた。実質、移動は普段、杖歩行で可能になっていた。しかし、洗濯の移動手段としては車椅子がまだ必要だ。

「洗濯の時は、車椅子でないときついので、もう少しお借りできませんか？」

そうお願いして、車椅子使用を延長してもらった。

ある日の夕食後、私が洗濯ルームに向かっていると、警備員から声を掛けられた。

私はどうも、病院を脱走するように見えたようだ。夕食後に洗濯ルーム周辺の照明が落とされるということもあり、警備員の目には私の影があやしく映ったのかもしれない。

スーッ
脱走!?
ガッ
待て!
ん?
何か?
洗濯

洗濯ルームで洗濯機に洗濯物と洗剤を入れ、お金を入れボタンを押した。一旦、病室に戻る時、自然と鼻歌を歌っていた。

『ん？　これ、誰の歌だっけ？』

歌詞を思い出す。盗んだバイクで走り出す……

『はは、バイク盗まないし、今乗れないし（笑）』

一人で笑いながら、病室に戻った。

ほどなくして車椅子卒業となり、洗濯へも杖歩行で行くことになった。ナイキのバッグを斜め掛けし、100均の袋を持ち、杖で洗濯ルームに行く。車椅子が恋しかったが、そう言っては自立の道は遠のくので、自分を鼓舞して歩いていた。

②両手と私の話し合い

2月半ば、リハビリを終えた昼下がり、車椅子に乗り、病室のクローゼットから着替えを出し、早めに入浴の準備をしていた。

右手は思うように動かない。

1月下旬から、自主トレとして、震える右手で1日のリハビリ予定を毎日ノートに書いていたが、小さな文字は書けず、書かれた文字は、とても仕事で使えるものではなかった。

お見舞いの差し入れで、ある方から、外国製の塗り絵と色鉛筆をいただいていた。ご丁寧な手紙と共に。お気持ちがありがたかった。

しかし結局、塗り絵は入院中に右手で1枚しか完成することができなかった。

それ以上は、右手と脳が拒否をした。

私は、車椅子に座ったまま、思うように動かない右手を眺めていた。すると、

「すみません、頑張ってはいるのですが、思うように動かずに、申し訳ありません」

右手は、そう言っているように見えた。

その瞬間、左手が右手を触り、

「旦那(私?)、右手を責めないでください。コイツは何十年もよく頑張りましたよ。私なんか、あまり動いていませんでしたから。これからは、私がコイツの代わりに動きますよ。すぐにコイツのようには動くことはできないかもしれませんがね」

私は、ハッとした。

倒れて間もない頃、全く動かなかった右手が細かい動きはできなくとも、回復して

きている、なぜ、『もっと、もっと』と鞭打つのか。

両手の声は、私の妄想や幻聴と言われるかもしれない。

しかし、体から聞こえたのは、本当だ。

しかも、江戸っ子気質の声で。

私は心の中で、

『分かったよ。右手、無理をさせてごめん。左手、これから頼むよ』

とつぶやいた。

リハビリは、倒れてから3か月が劇的に回復する期間で、その後は緩やかに回復することを、私は分かっていた。右手が元通りになることはない、ということを何となくだが、認めたくはないが、確信していた。

悲しいし、悔しいし、泣きたい気持ちを抑えつつ、リハビリに励んでいた。

回復を希望していたが、右手に過度な期待を持つことは自分自身の体に、すまない気持ちになっていた。

この日を境に私は、完全に左利きにすることを決めた。

③脳の画像（CT）

月に一度、脳の画像を撮影するのだが、倒れて2か月経過後の出血した跡は、倒れた当時はっきりと白く映っていたのが、かなり薄くなっており、出血の跡は周囲に吸収されたように見える。出血自体は消えることのない事実だが、画像上は出血したことを忘れてしまう程だ。

そういえば、2月はリハビリも順調に進んだ。体の右半身機能すべてを回復した訳ではないが、出血の跡が吸収されていくのと同時に、リハビリメニューに取り組め、次々と達成していけた。

人間の体の不思議さ、回復していく力を、画像を通しても知ることができる。担当の先生から、画像の説明と回復が比例していることの説明を受け、希望を持った。あと一か月、どこまで回復できるか未知だが、頑張ってリハビリに取り組もう、と思った。

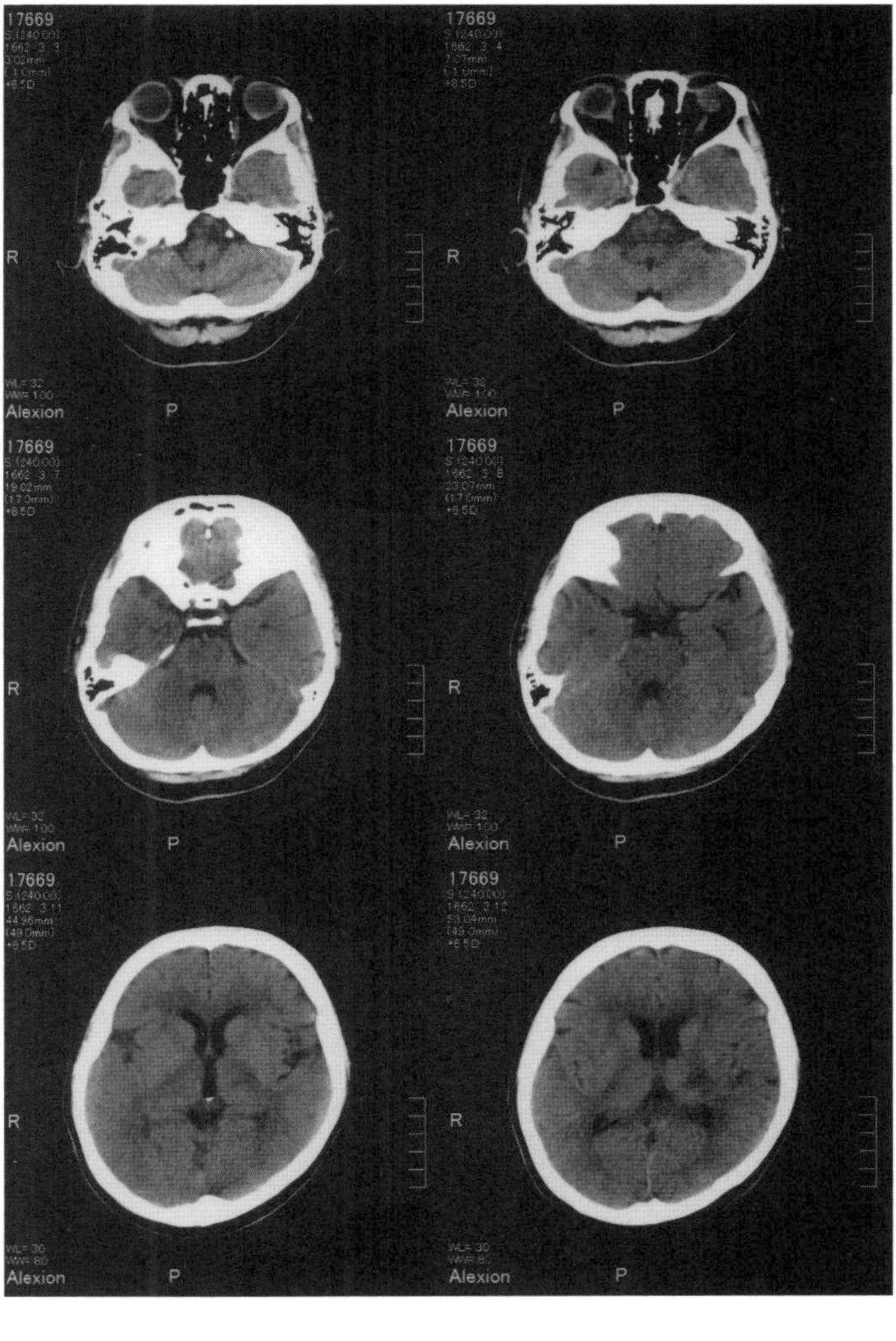
17669
R
Alexion
P
17669
R
Alexion
P
17669
R
Alexion
P
17669
R
Alexion
P
17669
R
Alexion
P
17669
R
Alexion
P

理学療法（PT）	2016.2. 5	終日病棟内T杖歩行見守り開始
	2. 8	終日病棟内T杖歩行自立 Br stage: Ⅴ-3　10m歩行(杖)：12秒　歩行量 1,000歩/日
	2.12	終日院内T杖歩行自立　屋外平地T杖歩行練習開始
	2.22	終日敷地内T杖歩行自立　終日病棟内杖なし歩行自立　屋外応用T杖歩行練習開始 GMT：4〜5/5 10m歩行(杖なし)：12秒　歩行量3,000歩/日　深部感覚(右)：10/10
作業療法（OT）	2016.2. 1	手指Br stageⅤ-3
	2.15	T杖歩行での入浴自立
	2.23	肩の痛み止め内服開始。右肩動作時、痛みなく運動可能。
	2.25	調理　野菜を切る動作、右手にて可能。フライパン操作は左手で可能。
	2.28	CAT(標準注意検査法)による、注意機能評価実施。注意障害等なく、年齢平均より高い得点だった。

リハビリ　3か月目

だんだん、退院後の生活に意識を向けたリハビリが始まった。

職場への仕事復帰も目指していたので、かなり気合は入っていた。

パソコン操作

ある日、作業療法のリハビリの時に、パソコンを打つことになった。私の職場復帰に向けてパソコンは必須だったので、積極的に取り組もうと思っていた。

療法士から、

「右手も使ってみてください」

と言われたので、パソコンを打とうと重い右手を机に乗せ、キーボード操作をしようと思ったが、手が震えてコントロールできない……辛うじて人さし指が動いたので、右手の人さし指と左手で打つことにした。

予め用意されていた文章を打ってくださいと言われたので、左手をメインに打ってみた。療法士は、その様子を見ている。

倒れる前より左手は猛烈に動いていた。右手を庇うように。

例えは適切ではないが、私は自分がＤＪになったかのように思えた。

療法士は時間を計っていたようで、時間内に何文字打つことができたか、を確認していた。

右手は時折、人さし指が申し訳なさそうに動いていた。私は、

『復職後は、恐らく左手だけでパソコンを打つだろうな』

と思った。

業務上、パソコンを打つスピードは大切だが、業務の比重はそこではない所もあったので、左手で可能な限りのスピードでパソコン操作ができるようにしよう、と考えた。

病院との話し合い

入院していた病院では、月に一度、患者である私や家族、そして担当医師、看護師、療法士の方々を含めたカンファレンス（話し合い）が行われていた。

1か月目は、入院して日が浅く、リハビリの状況や私が回復できていること、今後のリハビリ計画などが、病院側から説明があり、それを聞くといった感じだった。

2か月目、1か月目と同様の説明があり、回復具合や今後のリハビリ計画などの説明があった。この時に私は、

「あの、私、3月末で退院したいのですけど」

と言うと、先生をはじめ、スタッフが絶句した。

「宮武さん、お気持ちは分かりますが、今の状況からして難しいかと。リハビリはしっかりされてから退院した方がいいですよ」

と、先生からアドバイスされた。

「そうですね、分かってはいるのですが、何とか3月末で退院したい気持ちが強いです。仕事のこともありますし」

目指すこと自体を否定はされなかった。

しかし、脳出血後のリハビリは、だいたい6か月、つまり最大半年は受けられるそうで、やはり倒れてからの回復期に、どれだけリハビリをするかは、非常に重要だと教わった。


病室に戻り、一人考えた。

もちろん、半年の入院はベストだ。

でも、私は新年度に仕事に戻ろう、職場の方にも迷惑はかけられない。

この決断があったから、リハビリに積極的に取り組めた。

ただ、この決断が後からどんな意味を持つか、この時は知る由もなかった。

理学療法士は、私の3月末退院はギリギリ可能だと言ってくれた。

それに合わせて、リハビリを進めてくださった。


作業療法では、私の手がどこまで回復するか、見通しが難しかったが、私が新年度仕事に戻りたいという気持ちを、療法士は分かってくれていた。

3か月目、いよいよ退院に向けて、私の状況について説明があった。

私の意志が固いこともあり、退院は3月末で一応決まった。

先生が、

「早く、お仕事に戻りたいお気持ちは分かりますが、せめてゴールデンウイークくらいまで入院された方がいいのですがね」

と言われたが、私の首が縦に動くことはなかった。


こうして私は、脳出血で倒れたにもかかわらず、10日の急性期入院、転院後3か月のリハビリで退院することになった。

今思うと、先生のアドバイスは聞いておくべきだったと後悔している。

カンファレンスでは、私はとても褒められた。

リハビリに積極的である、自主トレをし過ぎるので、スタッフが声掛けしている、他の患者さんとも良好な関係を築いている、と。

何となく、学生時代の三者面談のように感じて、その場にいるのが気恥ずかしい感じだった。家族からも質問はなく、毎回、

「よろしくお願いいたします」

で終わった。

公共交通機関の練習

3月中旬、外歩きも安定してきたこともあり、また退院後の生活のため、公共交通機関の練習をすることになった。

病院から行きはJRの街の駅まで、帰りはバスに乗って病院まで。

まずは、外歩きと近いコースから、病院近くのJRの駅まで向かった。少し肌寒かったが、幸い天気もよく、療法士のサポートで、私は意気揚々と出掛けた。

ただ、服装はいつものスポーツウェアだ。病院にお洒落な服など持って来ていなかった。

駅に着き、切符を買う時に、

『あ、街に向かうのか、完全に忘れてた。この服装は、街ではアウェイだな』

と思った。

ホームに電車が入って来た。

電車のドアが開く。

電車とホームの微妙な隙間から、地面が見え、一瞬、恐怖に襲われた。

「さあ、乗りますよ」

という療法士の声掛けで一歩を踏み出し、無事に電車に乗った。

どれぐらいぶりの電車だろう。

倒れる前も、移動手段は車が多かったので、どこか懐かしい感じがした。

感傷に浸り始めた時、電車はすぐに目的地の駅に到着した。

街の大きな駅、職場も近かったので、様々な思いが頭を駆け巡った。

退院の目途もつき、リハビリも順調だから、このような交通機関の練習もできているのだが、私は一刻も早く病院に戻りたかった。


駅を行き交う、周りの人々が眩しかった。

駅からバス停に移動する時に、エスカレーターに乗らなければならなかった。

私は恥ずかしながら、倒れる前から下りのエスカレーターが苦手だったので、

「あの、向こうのエレベーターで降りるのはダメですか？」

と聞いた。

「エスカレーターで降りましょう。ついていますから大丈夫ですよ」

「あ、はい、分かりました。タイミング取るのが下手なので、時間がかかるかもしれません」

「大丈夫ですよ、行きましょう」

下りのエスカレーターの動きが、いつにも増して速く感じた。

『無理だ』

そう思った時に、

「はい！」

と声を掛けられ、気付くと私の足は、エスカレーターに乗っていた。

「何とか乗れました、ありがとうございます」

「慣れれば大丈夫ですよ」


次は、バス停からバスに乗る。

夕暮れのバス停でバスを待っていると、少し風が冷たく感じた。

バスが来た。乗降口の一歩は高く感じた。バスは、通勤・通学帰りの乗客で混雑していた。

何とか乗り込み、席を確保でき、私は窓から街並みを見ていた。

乗客だけでなく、街の人々が自分とは違う世界の人に感じた。

『もうすぐ、違う世界に戻るのか……戻れるのか？』

そんなことを考えていた。

病院近くのバス停に到着した。

下車してからは、病院まで徒歩で帰る。

いつもの外歩きのコースに戻った時、安堵感に包まれた。

この時の私にとって、安心できる居場所は、やはり病院だったのだ。

病院に着き、療法士にお礼を言って、病棟に戻った。

「お帰りなさい」

「どうでした?」

スタッフの声掛けが、ありがたかった。

「ちょっと怖かったですが、何とか大丈夫でした」

と答え、病室に戻った。

ベッドに腰かけ、シャワーの準備、夕食に備える。

いつものルーティンだが、この日は退院が近づくことに、若干の焦りを感じていた。

考えても仕方がないのだが、回復しても、元の自分ではないことに対する不安は大きくなっていた。

絵の完成

3月中旬、絵は完成した。

ちょうど、看護師が病室に入ってきた。その方は、私が歩き始めて右足の親指が巻き爪になった時、親身に処置をしてくださった方だ。美術が好きで、学生時代の美術の成績も良かったことを話してくれた。

「宮武さん、凄い！　完成したのですか？」

「はい、提出もあるので、もう少し描きたい気持ちもありますが、一応完成ということで」

看護師が、

「ちょっと、いいですか？」

と作品を持ち上げた。

私はびっくりしたが、アクリル絵の具で描いていたので（アクリル絵の具は、耐水性、速乾）看護師の制服を汚すことはない、と思った。

すると、看護師は、作品を持って病室のそばのテラスに向かった。夕暮れ時、テラスに差し込む夕焼けの光に作品を照らしながら、

「光の当たり具合で、色も変わって見えます。凄く綺麗です！」

と言ってくれた。

そして通りかかったスタッフや患者のみなさんにも絵を見せて、光で絵の色が変化することなど、説明しながら作品を褒めてくれたので、少々、気恥ずかしかった。

でも、嬉しかった。


リハビリとして考えれば、右手で描かなければ意味のないことだろう。しかし私は、『これから左利きとして生きていくんだ』

という決意の作品だったので、自分の中ではひとまず完成したことで、ほっとした。

あまり作品の説明はすべきではない、見る方が各々感じてくれたらいい、そういう考え方なので、今まで自分が描いた絵を極力説明しなかった。求められたら、少しだけ説明することはあった。

でも、この作品は、私と同じように倒れたり、事故や怪我でリハビリをしたりされている方にも見ていただきたい、少しでも作品から何かを感じていただきたい。その気持ちが強いので、作品の構想を書こうと思う。

無人のホームは、駅の先端だ。

病気で倒れ、病院という駅に停車した。
少し長めの停車だ。
トラブルや不具合もあったが、もうすぐ病院という駅を出発する。
行き先は見えないが、発車の準備はできた。
さあ、出発しよう。
あてのない人生という旅を、また始めるんだ。
速度はゆっくり、各駅停車でもいいさ。
空は柔らかい青、雲は白く昇っている。
外の空気をいっぱい吸って、また行こう。
不安はあるが、自分を鼓舞する意味合いも強い、そんな作品だ。

思い返せば、大学の学生時代、卒業制作でも駅のホームと線路を描いた（S100号正方形のキャンバスに油絵）。初めての大作であり、今思えば、決して上手くはない作品だ。背が高くない自分が椅子に乗ったり、背伸びをしたりしながら、刷毛や筆やペインティングナイフで精いっぱい描いたことを思い出した。
駅と線路という絵のモチーフは、私の人生の要所で登場している。

蕁《じん》麻《ま》疹《しん》

絵が完成し、ほっとした日の夜。

就寝時、キャンバスがない病室で寂しさを感じつつ、ベッドの中で、現状できる限りやり切った達成感に包まれていた。久しぶりに、気持ちは楽になって眠りにつこうとしていた。

電気も消え、暗くなったが、眠れない。

『描いていた絵が完成し、緊張感から解放されたのになあ』

そう思った時に、顎の下に痒みを感じた。

季節外れの蚊に刺されたようだった。


『こんな時期に病院に蚊が入るのかな?』

そう思いながら、腫れた所に爪で×印をつけた。幼い頃によくやっていた癖だ。

『そのうち消えるだろう』

そう思っていたら、2か所、3か所と増えていく。

明らかに、蚊に刺されたのではない、と感じた。

見る見る間に、首から上の顔全体に10か所以上の腫れが出た。

真夜中のナースコールは、夜勤の看護師に迷惑がかかる、そう思った。

極力、避けたかった。しかし、蚊に刺されたような腫れが15か所程になった時、我慢も限界がきた。

時計の針を見ると、深夜1時を回っていた。

躊躇しながら、左手でナースコールボタンを押した。

すぐに夜勤の看護師が来てくれた。滅多にナースコールを押さない私に

「どうされました?」

と、聞いてくれた。

「あの、首から上が蚊に刺されたみたいな、でもこの時期、病院に蚊がいる訳ないですよね。蕁麻疹ですかね」

「いつから出始めましたか?」

「さっきからです。我慢しようと思ったのですが、夜中に本当にすみません」

「いえ、明かりを少しつけてみていいですか?」

私の顔の腫れを見て、

「当直の先生の診察を受けましょう」

と言われた。

「お忙しいのに、本当にすみません」

申し訳ない気持ちでいっぱいだった。


当直の先生が病室に来て、診察してくれた。

やはり、蕁麻疹のようで、看護師に指示を出され、先生は病室を後にした。

私は注射を打っていただき、蕁麻疹の腫れで熱くなった顔を冷やすため、冷たいタオルもいただいた。何度も謝る私に、

「大丈夫ですよ、すぐに言ってもらってよかったです。蕁麻疹は、急に呼吸困難を起こすこともあるので、早く教えてもらって本当によかったです。冷たいタオル、また持って来ますね」

と、言ってくれた。

「本当にありがとうございます」

私は、診察・治療を受けたことで安心し、眠りにつく頃、時計は午前3時を回っていた。

翌日の朝食・昼食はベッドでいただいた。

リハビリも、その日はベッドでストレッチをメインに行ってもらった。

退院まで、残り2週間を切っていた。

病院にいるから、何があっても安心できる。

退院したら……不安が頭を過る。考えても仕方のないことだ。

患者は誰しも多かれ少なかれ、不安がある中で退院を迎えるのだろう、そう思っていた。

退院に向けて

入院生活は、あっという間に過ぎていく。

退院が近づき、退院後の生活に向けて、様々なアドバイスをいただけた。

食事に関しては、栄養士から栄養指導の時間を取っていただき、様々な資料や献立メニューをいただいた。持病は特になかったが、脳出血を発症したので、塩分は控えめにしてバランスよいメニュー、塩分を補うため薬味（生姜など）を利用するとよい、とも教わった。

「何かあれば、いつでも聞いてくださいね」

という言葉が、本当に嬉しくありがたかった。

私は退院後、元の職場への復帰が決まっていたので、仕事に関しては特に相談はしなかった。退院後、外来リハビリは週に2回通院することが決まっていたので、何かあれば相談もしやすい体制を取っていただき、ありがたかった。

ソーシャルワーカーも、様々な制度や今後必要になることなど、情報をくださった。

私は入院中に、要支援2という判定をいただいていた。

だが、介護保険でのサービスは当面利用する予定はなかったので、様々な資料などをいただき、自宅に持ち帰ることにした。

さて、一番重要なのは、退院後の右半身の自己管理だ。

入院中は毎日リハビリがあり、何かあればすぐに相談もできるし、処置もしていただける。外来リハビリが週に2回あるとはいえ、時間的には短くなるし、リハビリがない時は、自分が自分の療法士のつもりで自己管理する必要がある。

かなり不安はあったが、自宅でのストレッチ方法など、図解の入った資料もいただき、だんだん自宅での管理法をイメージすることができた。

不安をあげればキリがない。

自分が3月末の退院を決めたのだから。

気持ちを上げていこう、そう考えるしかなかった。

退院前日、最後の夕食時、

『これが病院での最後の夕食か』

としみじみ思い、黙々と食べた。

病室に戻り、就寝時間が来て、ベッドに横たわった。

このベッドで眠ることも最後だと思うと、無性に寂しくなった。

右半身が動かない頃から約3か月、私の体を休めてくれる居場所だった。

明日から、自宅のベッドで眠ることなんて想像もつかない。けれど、今夜が最後なんだ、退院は嬉しくもあり、寂しくもあった。

『自分で決めたのだから』

私は、そう言い聞かせ、目を瞑った。

第三章　退院、自宅へ帰宅～職場復帰へ

2016年3月30日、退院の朝を迎えた。起床、朝食を済ませて、10時の退院までバタバタと荷物を整理していた。同部屋の患者さん、同じホールで食事をしていた患者さんにも退院の挨拶をし、退院の時間を待っていた。

いよいよ退院の時間になった。

何人かの療法士、スタッフが病室まで挨拶に来てくれた。ありがたかった。

荷物がなくなった病室と別れるのは、かなり寂しかった。

倒れて間もなかった頃から今日まで、3か月と少し、私を温かく見守ってくれた病室だ。

心の中で静かにお礼を言った。

ナースステーションでも挨拶をして、エレベーターで1階に降りて、受付の方々にもお礼を言って、私は病院を出た。タクシーを呼んでいたので、待っているとタクシーが来た。

荷物を乗せ、見送ってくださったスタッフに一礼した。

タクシーが走り出す。

もう戻れない。

自宅に向かうタクシーの中で、不安と同時に障害者としてこれから生きていく覚悟を持たなければ、と窓の外を見ながら考えた。

病院を退院した。自宅に帰り、10日後には仕事復帰する。

この時、私は新たなスタートラインについただけだった。

この先に、いくつもの**スタートライン**が待っているだろう。不安はあったが、障害者として新たな人生を歩んでいこう。そう思った。

三月の追憶

入院されている大半の方が「早く家に帰りたい」と言われていた。住み慣れた家で過ごすことは、一番の望みだろう。

しかし、不思議なことに私は「家に帰りたい」と熱望している訳ではなかった。退院時期を決めたのは自分の意思だが、約3か月入院していた病院が、病室が、当時一番安心でき、居心地もよかった。生活リズム、ルーティンもでき、これらが変化していく恐怖すらあった。

脳出血後のリハビリ入院期間は半年までなのに、その半分で退院を決めたことを、毎晩、

『これでよかったのか……』

と、自問自答した。

長年暮らした家より、3か月しかいない病院が居心地よくなるとは、想像もしなかった。

病院の先生をはじめ、療法士、看護師、介護士、栄養士、清掃スタッフの方々、売店の店員さん、福祉用具のスタッフの方、警備員さん、入院患者の皆さん……

今までの人生で、こんなに多くの方々と関わり、触れ合い、学ばせていただいたことはない。

今までも関わっていたと思うが、何か違った。

これまでも、何に対しても一生懸命だったし、人との関わりも自分なりに努力していた。

ただ空回りすることも多く、疲弊することも多かった。

すべてに無理をしていたのだ。

自分の気持ちが、大袈裟に言うならば魂が、何を望み、どんな風に生きたいのか、考えようともしていなかった。私の場合だが、今回倒れたことは魂が、

『今の生き方、どうなのか？』

と訴えてきたように感じている。

だから、倒れたこと、障害を持つことは悲しかったが、反面どこか納得している自分がいた。


ある日の外歩きのリハビリ中、療法士から「短期間でよく頑張ってここまで回復しました」と褒めていただいた。

その後、緩やかな坂道を歩きながら、

「退院は中学校卒業だと思ってくださいね」

と言われた。続いて、

「自宅生活がうまく過ごせること、そして社会復帰が、それぞれ高校卒業とか、そんなイメージですかね。これからが大事ですよ」

という言葉を掛けていただいた。

曇り空の下、暖かい春の気配を感じる風の中で歩きながら、その言葉は凄く印象的だった。私がイメージしやすく言ってくださった療法士の感性に、感動しながら歩いた。

慣れ親しんだ病院から退院する不安はあった。

週に2回の外来リハビリがあるとはいえ、仕事復帰も控え、不安はあった。

しかし、前を向いて生きていかなければ、とも思った。

先生にはもう少し入院してはと勧められたが、次のステージへ進みたいという気持ちが強かった。

本当に社会復帰できるのか、体調は維持できるのか、考え出したら不安だらけの中、退院の日が近づいてくる。周囲の人には気丈に振る舞っていたものの、様々な感情の糸が絡み合いながら、それでも糸をほどき、まとめている自分がいた。

また、無理をしてしまう自分が表出し始めていたのだ……

①3月のリハビリ経過

退院時の基本動作・ＡＤＬ

理学療法 （PT）	2016.3.7　GMT：5/5 10m歩行(杖なし)：7.5秒 歩行量6,000歩/日 3月中旬　屋外応用T杖歩行、連続40分可能 Br stage: Ⅴ-3　10m歩行(杖)：12秒　歩行量 1,000歩/日 3.14　終日院内杖なし歩行自立　屋外応用杖なし歩行練習開始 3.15　公共交通機関練習開始　バスの乗り降りの際ふらつく事もあるも、ゆっくりと落ち着いて行えば安全に可能 3.26　終日敷地内杖なし歩行自立 3.30　退院
作業療法 （OT）	2016.3. 7　STEF 58/100点、TMT-A17秒 -B40秒 3.16　握力(右/左)23kg/24kg 3.30　退院

	発症前	退院時
起居	3	3
移乗	3	3
移動（屋内）	3	3（杖なし）
移動（屋外）	3	3（T杖）
ADL	3	食事：3 整容：3 更衣：3 排泄：3 入浴：3
BI（100点満点）		100点
FIM（126点満点）		運動項目：91点 認知項目：35点 計　　　：126点
IADL	3	洗濯・調理・買い物：3

基本動作・ADL

『動作評価　0：全介助　1：部分介助　2：見守り　3：自立』

項目	退院時
認知機能・心理面	認知機能：著変なし 心理面：著明な改善が見られなくなったことにより、自主練習をやめていたが、現在は塗り絵等の自主練習を再開し、前向きにリハビリに取り組んでいる。
高次機能障害	注意障害（なし）TMT-A29秒 － B51秒
バイタル	著変なし
麻痺（Br stage）	上肢：Ⅴ-2 手指：Ⅴ-3（上肢は肩の痛みがあり、十分に発揮できない） 右下肢：Ⅴ-3　speed test（10秒/8秒）
（筋緊張）（R/L）	著変なし（深部感覚中等度鈍麻、筋緊張の調節が困難の為、右上肢の動作時に震えがみられる）
（感覚）（R/L）	右上肢：表在　正常　10/10 右上肢：深部　中等度鈍麻　6/10 右下肢：表在）8/10 深部）10/10
関節可動域（R/L）	制限なし　肩外転 120°P 股関節外転：30P/40
筋力（R/L）	上肢：3/5　体幹：5　股関節：5/5　膝関節：5/5　足関節：5/5
握力（R/L）	右/左　20kg/27kg
その他	右肩、亜脱臼なし。

2019年1月18日
武道館
エレファントカ
ELEPHA
……
障害者になって思った事は
新春ライブどんなかな?
はい…
本気で生きたいと言うことだ
誰が否定しようがやってみて考えればいい
私が後ろにいるから大丈夫!
わあああ…!!!
私を生きるのは私だから

おわりに

命は、言うまでもなく有限です。
いつまでも元気でいられないことは、当たり前だと思います。どんなに健康に気を付けていても、病は突然やって来たり、事故に遭ったりすることもあるかもしれません。

私には病が突然やって来ました。
しかし幸いなことに、多くの方の力のおかげで現在を生きています。倒れる前よりも、多くの方と出会い、興味の幅も広がり、本を出版するという夢を実現することができました。

エレファントカシマシという唯一無二のバンド、宮本浩次さんという素晴らしい歌手に惹かれ、ファンの方々とも交流できている今。人生の最終章に向けて、こういう世界が待っていたのだ、と様々な思いを巡らせながら毎日を過ごしています。

人生には何が起こるか分かりません。でも起こることすべて、『私という人を生きるために必要なのだろう』と考え、今は、とても納得しています。

生きていくことだけでも本当に大変であると、実感する日々です。健常者であった時も大変なことはありました。しかし今、日常生活を送ることが努力なしではできないと思い知らされています。それでも前を向いて、今の体で寿命まで生きていくしかありません。寿命はいずれやって来ます。ならば、それまで自分が体験することすべてを受け入れてみよう、と思います。

今、毎日の行動がリハビリです。

残された体の機能でいかに上手く日常生活を送るか、後遺症である片麻痺、それに伴う痛みといかに折り合いをつけ生活していくか、課題と向き合う日々です。特にコロナ禍になって新しい生活様式に取り組む中では、様々な障壁に出会います。昨年から、スーパーをはじめ日常生活に欠かせない買い物をする際、建物の入り口に手指消毒用のアルコールスプレーが設置されています。しかし、このアルコール消毒を行うことも片麻痺の体には、相当な負担です。周囲の方に迷惑をかけないよう必死に急ぎますが、時間がかかります。

現在、定期的に通院している病院には、手をかざせば自動で適量のアルコールが出る装置があり、本当に助かります。

1年以上コロナ関連のニュースを見て、医療現場の逼迫状況を知り、

『今、脳出血で倒れていたら救急で病院に受け入れてもらえ、ここまで回復できただろうか？』

と思いました。

脳出血に限らず、様々な病気になった場合に、誰もが安心して今までのように病院で診ていただける状況に、早く戻ってほしいと願います。そのためにも自分自身の健康管理を徹底し、医療現場に迷惑をかけないよう努めていこうと思っています。

最後まで読んでいただき、ありがとうございます。本章、最初の漫画と最後の漫画は、かなり時間が離れています。倒れたこと、入院中経験したことの期間は短く、退院後、障害者として生きている日々の方が、当たり前ですが長くなっています。

今回は、急性期、回復期に焦点を当て、入院編として執筆しました。

脳出血、片麻痺について、リハビリについて、私の体験を少しでもお伝えし、読んでくださった皆様に、何かを感じていただけたら嬉しく思います。

最後に、本を出版するにあたり、Ｋさん、Ｙｕｋｏさん、ライブで出会い今も時折連絡を取り合っているＹさん、病院の先生をはじめ医療スタッフの方々、ご協力ありがとうございました。そして、素敵なイラスト・漫画を描いてくださった石川あぐり様、カバーデザインを制作いただいた三浦文我様、担当編集の森谷さん、編集部の皆様、初めて執筆する私を助けていただき、本当にありがとうございました。構想３年半かけたものを、こうして形にでき、感無量です。

障害者として人生を再度歩んでいますが、退院後に起こる様々な出来事については、次作で執筆したいと思います。今回、左手だけでパソコンを打ち、様々な所に痛みも伴いましたが、次作を出版する目標を実現するために、また前に進みます。

大変な時代を今の体で生きている意味を、しっかりと受け止めながら。

２０２１年2月吉日

宮武　蘭

〈著者紹介〉
宮武 蘭（みやたけ らん）
1969年生まれ。2015年に脳出血で倒れ、一時意識不明の重体になるも一命を取り留めた経験を持つ。その後、片麻痺の後遺症は残ったが、懸命なリハビリ、様々な方々のサポートのおかげで日常生活、社会生活を取り戻す。
現在は『毎日起こることのすべてがリハビリ』をモットーに、片麻痺障害者として生きている。

JASRAC 出 2100764-101

アイアムカタマヒ
右半身麻痺《みぎはんしんまひ》になった中年女《ちゅうねんおんな》の
逆境《ぎゃっきょう》に打《う》ち克《か》つリハビリ体験記《たいけんき》

2021年2月28日　第1刷発行

著　者　　宮武 蘭
発行人　　久保田貴幸

発行元　　株式会社 幻冬舎メディアコンサルティング
〒151-0051　東京都渋谷区千駄ヶ谷4-9-7
電話　03-5411-6440（編集）

発売元　　株式会社 幻冬舎
〒151-0051　東京都渋谷区千駄ヶ谷4-9-7
電話　03-5411-6222（営業）

印刷・製本　シナジーコミュニケーションズ株式会社
装　丁　　三浦文我

検印廃止

ISBN 978-4-344-92966-1　C0095
幻冬舎メディアコンサルティングHP
http://www.gentosha-mc.com/